선생님과 함께 읽는

뫼비우스의 띠

물음표로 찾아가는 한국단편소설 18

선생님과 함께 읽는

뫼비우스의 띠

전국국어교사모임 지음 ㅣ 강혜진 그림

Humanist

'물음표로 찾아가는 한국단편소설' 시리즈를 펴내며

문학 교육은 아이들이 꿈을 꾸게 하기 위해 필요합니다. 그러나 요즘의 문학 교육은 참고서와 문제집을 통해서만 이루어지고 있습니다. 그래서 문학 수업은 엉뚱한 상상도 발랄한 질문도 없는 밍밍하고 지루한 시간이 되어 버렸습니다. 상상의 여지가 사라지고 질문이 없는 수업은 아이들을 질리게 하고 문학을 말라 죽게 합니다. 그렇다면 어떻게 해야 문학 교육을 살릴 수 있을까요?

무엇보다 학생들이 스스로 생각을 열어 질문을 할 수 있게 해야 합니다. 매우 상식적인 일이지만, 우리 교육 환경에서는 잘 이루어지기가 어렵습니다. 그래서 전국국어교사모임은 학생들이 스스로 생각을 열고 엉뚱한 상상과 발랄한 질문을 할 수 있는 마중물을 붓기로 했습니다. 이는 말라 버린 문학뿐 아니라 아이들의 메마른 마음에도 물을 붓는 일이 될 것입니다.

교과서에 실린 의미 있는 작품을 골랐습니다 중·고등학교 국어 교과서나 문학 교과서에 실린 단편소설 가운데 오랫동안 많은 사람에게 널리 읽힌 작품을 골랐습니다. 교과서에 실렸다는 것은 중·고등학생들에게 유용한 작품이라는 것이고, 오래 널리 읽혔다는 것은 재미나 감동, 그리고 생각거리 면에서 어느 하나는 사람들의 마음에 들었음을 뜻하기 때문입니다.

전국의 학생들에게 물었습니다 전국에 있는 수많은 학생에게 소설을 읽혀 보고, 그들이 궁금해하는 것을 모았습니다. 그리고 나서 의미 있는 질문거리들을 일정한 방식으로 배열했습니다.

현직 국어 선생님들이 물음에 답했습니다 전국의 국어 선생님 100여 분이 다양한 책과 논문을 살펴본 다음 질문에 대한 답을 했습니다. 이런 과정을 통해 보다 보편적인 작품의 의미에 접근하고자 했습니다.

교육 과정과의 연관성을 고려했습니다 수업 현장에서 또는 학생 스스로 이용할 수 있도록 했습니다. '깊게 읽기'에서는 인물, 사건, 배경, 주제 등 작품과 직접 관련되는 내용을 다루었으며, '넓게 읽기'에서는 작가, 시대상, 독자 이야기 등을 살펴볼 수 있도록 했습니다.

'물음표로 찾아가는 한국단편소설' 시리즈는 다양하고 깊이 있는 생각을 이끌어 낼 수 있는 소설 감상의 안내서 구실을 할 것입니다. 또한 작품에 대한 해석과 이해의 차원을 넘어 문화적·사회적·역사적 정보를 폭넓고 다양하게 제시함으로써 문학 감상 능력을 향상시켜 줄 뿐만 아니라, 문학과 가까워질 수 있는 기회를 제공해 줄 것입니다.

전국국어교사모임

머리말

〈뫼비우스의 띠〉는 1976년 《세대》 2월호에 처음 발표되었습니다. 이 작품은 또 다른 11편의 단편과 함께 1978년 《난장이가 쏘아올린 작은 공》이라는 제목으로 출판되었습니다. '난쏘공'으로 불리는 이 책은 우리나라 소설 가운데 가장 많이 읽힌 소설입니다. 소설집 맨 앞에 자리 잡고 있는 〈뫼비우스의 띠〉. 한 편의 단편 소설이지만 전체 소설을 읽는 열쇠 역할을 하는 이 작품은 많은 생각을 하게 하는 작품입니다.

수학에서 '뫼비우스의 띠'는 평면인 종이를 길쭉한 직사각형으로 오린 뒤 한 번 꼬아 양 끝을 붙이면 만들어지는, 겉과 속을 구별할 수 없는 경계가 하나밖에 없는 2차원 도형입니다. 이 띠는 면이 하나로 앞면과 뒷면의 구별이 없고 좌우의 방향을 정할 수도 없습니다. 면의 어느 한 지점에서 계속 선을 그리며 나아가면 두 바퀴를 돌아서 처음 위치에 도착할 수 있는 연속성을 지닙니다. 소설을 읽다 보면 뫼비우스의 띠와 같은 세상을 만나게 됩니다. 굴뚝 청소부 이야기를 따라 읽다 보면 무엇이 진실인지 애매해집니다. 꼽추와 앉은뱅이의 이야기를 따라 읽다 보면 어떻게 살아야 하는지 많은 생각을 하게 됩니다.

생각이 생각을 부르는 소설이 이 〈뫼비우스의 띠〉입니다. 우리가 가지고 있던 기존의 생각들을 다시 한 번 생각하게 합니다. 이 소설은 겉으로 드러나는 이야기만 읽어서는 안 됩니다. 속에 숨어 있는 이야기를 읽어야 합니다. 그래도 남는 이야기가 있습니다. 그래서 이 책의 구성도 '겉 이야기', '속 이야기', '남은 이야기'로 나눠 풀어 갔습니다. 그렇다고 겉과 속의 이야기가 따로 분리되는 것은 아닙니다. 뫼비우스의 띠처럼 겉과 속이 구별되지 않는 것이지요.

다른 소설을 읽을 때도 독자는 자신의 상상력을 바탕으로 읽지만, 이 소설은 더욱 독자의 상상력이 필요합니다. 왜 작가는 이 이야기를 하는가, 1970년대라는 그 시대에만 존재하는 사건인가……. 어쩌면 아는 만큼, 상상한 만큼 그 의미가 더 커지는 소설이 이 소설일 것입니다. 그래서 좀 더 상상의 크기를 키워 갈 수 있는 질문을 만들려고 했습니다. 질문을 읽으며 자신이 먼저 상상력을 발휘하여 답을 생각해 보았으면 합니다. 그리고 질문의 답을 읽고 답을 아는 것에서 그치지 말고 그에 이은 새로운 질문을 만들고 각자 그 답을 찾아가기를 바랍니다.

〈뫼비우스의 띠〉를 읽고 그들의 삶이 아닌 우리의 삶을 생각할 수 있으면 좋겠습니다. 그 시대뿐만 아니라 우리의 시대를 생각할 수 있으면 좋겠습니다. 더 나은 미래를 꿈꿀 수 있으면 좋겠습니다.

2018년 2월
전국국어교사모임 전주모임

차례

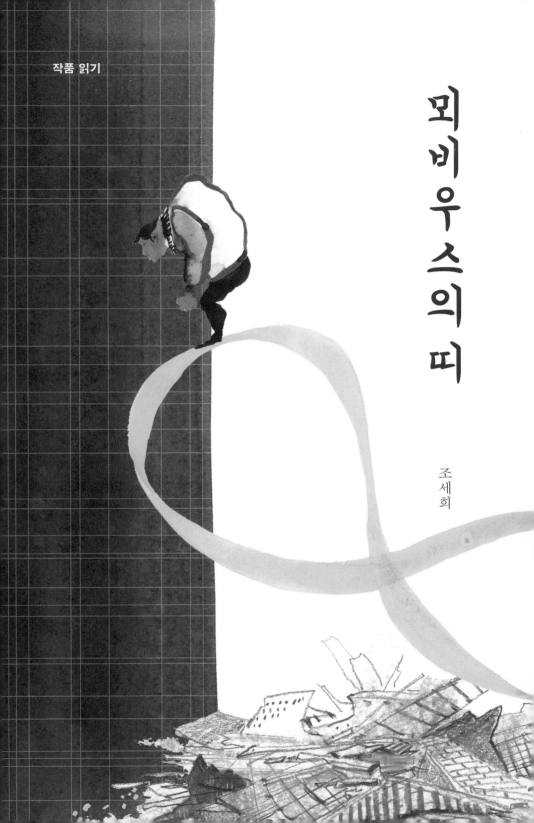

작품 읽기

뫼비우스의 띠

조세희

수학 담당 교사가 교실로 들어갔다. 학생들은 그의 손에 책이 들려 있지 않은 것을 보았다. 학생들은 교사를 신뢰했다. 이 학교에서 학생들이 신뢰하는 유일한 교사였다.

그가 입을 열었다.

"제군, 지난 1년 동안 고생 많았다. 정말 모두 열심히들 공부해 주었다. 그래서 이 마지막 시간만은 입학시험과 상관이 없는 이야기를 하고 싶었다. 나는 몇 권의 책을 뒤적여 보다가 제군과 함께 이야기 해 보고 싶은 것을 발견했다. 일단 내가 묻는 형식을 취하겠다. 두 아이가 굴뚝 청소를 했다. 한 아이가 얼굴이 새까맣게 되어 내려왔고, 또 한 아이는 그을음을 전혀 묻히지 않은 깨끗한 얼굴로 내려왔다. 제군은 어느 쪽의 아이가 얼굴을 씻을 것이라고 생각하는가?"

학생들은 교단 위에 서 있는 교사를 바라보았다. 아무도 얼른 대답을 하지 못했다.

잠시 후에 한 학생이 일어섰다.

"얼굴이 더러운 아이가 얼굴을 씻을 것입니다."

"그런데, 그렇지가 않다."

교사가 말했다.

"왜 그렇습니까?"

다른 학생이 물었다.

교사는 말했다.

"한 아이는 깨끗한 얼굴, 한 아이는 더러운 얼굴을 하고 굴뚝에서 내려왔다. 얼굴이 더러운 아이는 깨끗한 얼굴의 아이를 보고 자기도 깨끗하다고 생각한다. 이와 반대로 깨끗한 얼굴을 한 아이는 상대방의 더러운 얼굴을 보고 자기도 더럽다고 생각할 것이다."

학생들이 놀람의 소리를 냈다. 그들은 교단 위에 서 있는 교사에게 눈을 떼지 않았다.

"한 번만 더 묻겠다."

교사가 말했다.

"두 아이가 굴뚝 청소를 했다. 한 아이는 얼굴이 새까맣게 되어 내려왔고, 또 한 아이는 그을음을 전혀 묻히지 않은 깨끗한 얼굴로 내려왔다. 제군은 어느 쪽의 아이가 얼굴을 씻을 것이라고 생각하는가?"

똑같은 질문이었다. 이번에는 한 학생이 얼른 일어나 대답했다.

"저희들은 답을 알고 있습니다. 얼굴이 깨끗한 아이가 얼굴을 씻을 것입니다."

학생들은 교사의 말을 기다렸다.

교사는 말했다.

"그 답은 틀렸다."

"왜 그렇습니까?"

"더 이상의 질문을 받지 않을 테니까 잘 들어주기 바란다. 두 아이는 함께 똑같은 굴뚝을 청소했다. 따라서 한 아이의 얼굴이 깨끗한데 다른 한 아이의 얼굴은 더럽다는 일은 있을 수가 없다."

교사는 분필을 들고 돌아섰다. 그는 칠판 위에다 '뫼비우스의 띠'라고 썼다.

"제군이 이미 교과서를 통해서 알고 있는 것이지만, 이것 역시 입학시험과는 상관없는 이야기니까 가벼운 마음으로 들어주기 바란다. 면에는 안과 겉이 있다. 예를 들자. 종이는 앞뒤 양면을 갖고 지구는 내부와 외부를 갖는다. 평면인 종이를 길쭉한 직사각형으로 오려서 그 양 끝을 맞붙이면 역시 안과 겉 양면이 있게 된다. 그런데 이것을 한 번 꼬아 양 끝을 붙이면 안과 겉을 구별할 수 없는,

즉 한쪽 면만 갖는 곡면이 된다. 이것이 제군이 교과서를 통해서 잘 알고 있는 뫼비우스의 띠이다. 여기서 안과 겉을 구별할 수 없는 곡면을 생각해 보자."

앉은뱅이는 콩밭으로 들어갔다. 아직 날이 저물기 전이어서 잘 여문 콩대를 몇 개 골라 꺾을 수 있었다. 콩밭에 잡초가 너무 많았다. 앉은뱅이는 꺾은 콩대를 가슴에 끼고 밭고랑 사이를 기었다. 조용해서 잡초의 씨앗 떨어지는 소리까지 그는 들을 수 있었다. 말이 콩밭이지 잡초 밭이나 마찬가지였다. 앉은뱅이는 황톳길을 나와 콩대를 빼었다. 나무 타는 냄새가 좋았다. 날은 금방 저물기 시작했다. 그가 콩밭으로 들어가기 전에 불을 붙여놓은 나무들이 빨갛게 타 들어갔다. 그는 깨어진 철판을 불 위에 놓고 콩을 까 넣었다. 바짝 마른 나무는 연기 한 줄기 내지 않고 잘 탔다. 그 나무는 몇 시간 전까지만 해도 꼽추네 마루로 깔려 있었던 것이다.

　사람들이 꼽추네 집을 무너뜨렸다. 쇠망치를 든 사나이들이 한쪽
벽을 부수고 뒤로 물러서자 북쪽 지붕이 거짓말처럼 내려앉았다. 그
들은 더 이상 꼽추네 집에 손을 대지 않았고, 미루나무 옆 털여뀌
풀 위에 앉아 있던 꼽추는 일어서면서 하늘만 쳐다보았다. 그의 부
인은 네 아이와 함께 종자로 남겨 두었던 옥수수를 마당가에서 탔
다. 쇠망치를 든 사나이들은 다음 집으로 건너가기 전에 꼽추네 식
구들을 말없이 바라보았다. 아무도 덤벼들지 않았고, 아무도 울지
않았다. 이것이 그들에게 무서움을 주었다.

　주위가 어두워 왔다. 앉은뱅이는 먹이를 찾아 나선 몇 마리의 쪽
독새가 들판에 낮게 나는 날개 소리를 들었다. 그는 철판 위에 계속
콩을 까 넣었다. 나무 타는 냄새와 콩 익는 냄새가 좋았다. 호수 건
너편으로 한 떼의 사람들이 지나가고 있었다. 아파트 공사장 인부
들이었다. 앉은뱅이는 호숫가 들판을 가로지른 그들의 실루엣이 버
스 정류장 쪽으로 이어지는 것을 보았다.

　그는 꼽추의 발짝 소리를 기다리면서 철판을 불 위에서 끌어내렸

다. 꼽추의 발짝 소리는 들리지 않았다. 꼽추의 부인, 큰아이, 작은
아이 모두 잘 참았다. 그는 익은 콩을 입 안에 넣고 씹었다. 꼽추네
마루는 아주 잘 탔다. 동네 사람들이 참지 못하고 쇠망치를 든 사
나이들에게 울면서 달라붙었다. 사람들은 집단행동에 대해서는 책
임을 지지 않아도 되는 것으로 믿고 있었다. 그들은 쇠망치를 든 한
사나이를 끌어내어 치고받았다. 그는 몇 분 뒤에 피를 흘리며 일어
나 한쪽 팔을 흔들더니 입에 물고 있던 피를 확 뱉어 냈다. 부러진
앞니들이 피에 섞여 나왔다.

앉은뱅이는 쇠망치를 든 사나이들이 다가오자 코스모스가 한창인 길옆으로 비켜 앉으며 집을 가리켰다. 앉은뱅이네 식구들은 꼽추네 식구들보다 대가 약했다. 부인은 펌프대 뒤쪽에 쪼그리고 앉더니 때 묻은 치마를 올려 얼굴을 감쌌다. 아이들은 그 옆에서 연신 두 눈을 쓸어내렸다. 지붕과 벽은 순식간에 내려앉고 먼지만 올랐다.

앉은뱅이는 꼽추가 다가오는 발짝 소리를 들었다. 꼽추는 들고 온 플라스틱 통을 불기가 닿지 않을 곳에 놓았다. 통에 휘발유가 가득 들어 있었다. 꼽추는 이 무거운 통을 들고 어두운 십 리 벌판길을 걸어왔다. 그 벌판 끝 공터에는 약장수들이 은박지에 싼 산토닌을 팔고 있었다.

그들은 폐차장에서 망가진 승용차를 사 몰고 다녔다. 차 안에는 나왕 각목, 단단한 돌, 맥주병, 긴 못, 숫돌에 날카롭게 간 장검 들을 실었다. 사범이라는 사람이 사용하는 도구였다. 그는 손으로 돌과 맥주병을 깨고, 나왕 각목을 부러뜨리고, 나무에 박아 끝을 구부린 긴 못을 이로 뽑았다. 그가 날카로운 장검을 손아귀에 넣어 나일론 끈으로 묶고, 그 칼끝을 배에 대어 눌러 뺄 때 사람들은 온몸 피부 조직이 칼날 밑에서 짓이겨지는 착각을 느끼고는 했다. 사범은 아무렇지도 않았다.

그의 힘은 무서웠다. 꼽추는 그에게서 휘발유를 얻었다. 승용차의 구조도 자세히 살펴보았다. 앉은뱅이는 꼽추가 어둠 속에 잠겨 있는 동네 쪽으로 고개를 돌리고 서 있는 것을 보았다. 꼽추가 주저앉자 그는 철판을 밀어 주었다. 꼽추는 콩을 입으로 가져가다 말고 낮게 물었다.

18

"무슨 소리지?"

"응?"

"무슨 소리가 났어."

두 사람은 잠깐 숨소리를 죽였다.

"새가 날아다니는 소리야."

앉은뱅이가 말했다.

"쏙독새가 먹이를 찾아 날고 있어."

"밤에?"

"낮엔 잠을 잔다구. 나무에 혹처럼 붙어서 잠을 자는 새야."

꼽추는 입으로 가져가던 콩을 철판 위에 놓았다. 앉은뱅이는 꼽추가 떨리는 손으로 담배를 피워 무는 것을 보았다.

"왜 그래?"

앉은뱅이가 물었다.

"아무것도 아냐."

꼽추가 말했다.

"겁이 나서 그래?"

"무서울 건 없어."

"마음이 내키지 않으면 들어가."

꼽추는 고개를 저었다. 꼽추네 아이들은 천막 안에서 잠을 잤다. 그 아이들은 잠들기 전에 천막 앞에다 불을 피웠다. 앉은뱅이네 아이들이 저희 집 부엌 문짝을 가져와 불 위에 놓았다. 다 부서져 팔 수도 없는 것이었다.

천막 안은 캄캄했다. 불 앞에 모여 섰던 동네 사람들이 흩어져 가

자 집들이 들어섰던 어수선한 땅은 어둠에 싸였다. 어른들은 한 줄기 부연 불빛을 따라갔다.

방범 초소 앞 공터에 승용차가 서 있었고, 사나이는 차 안에서 몇 사람이 건네준 종이쪽지와 인감증명을 들여다보았다. 사나이는 밖으로 돈을 내밀었다. 사람들은 차 앞에 쪼그리고 앉아 돈을 세었다.

앉은뱅이는 철판을 다시 불 위에 올려놓고 콩을 까 넣었다. 그는 꼽추가 콩이라도 먹는 것을 보고 싶었다. 그는 꼽추가 지난 며칠 동안 무엇을 먹는 것을 본 적이 없다.

"나올 때가 됐잖아?"

꼽추가 물었다. 그의 담배는 바짝 타 들어가 두 손가락 끝에 걸려 있었다.

"됐어."

앉은뱅이가 말했다.

"그자가 날 죽이지만 않게 해 줘. 살이 피둥피둥 찐 친구야. 그 몸

무게로 눌러 오면 난 숨 한번 제대로 못 쉬고 뻗을 거야."

"그러면서 날더러 들어가래?"

"자네가 들어가면 다른 방법을 써야지."

"다른 방법?"

"묻지 마."

앉은뱅이는 고개를 돌렸다. 그의 시야를 아파트 건물들이 가렸다. 벌판 서쪽 끝에서 동쪽 끝까지 잔뜩 들어선 아파트의 골조들이 시 꺼먼 모습으로 서 있었다. 꼽추가 두 손으로 모래흙을 퍼 불 위에 뿌렸다. 앉은뱅이는 철판을 끌어내렸다. 그는 꼽추가 불을 다 끌 때 까지 묵묵히 보고만 있었다. 마지막 한 점의 불까지 덮어 버리자 주 위는 어둠에 싸였다.

"불을 껐어."

꼽추가 말했다. 앉은뱅이는 동네 쪽으로 고개를 돌렸다. 승용차의 불빛이 밤하늘을 몇 번 휘둘러 젓더니 서서히 움직이기 시작했다.

"먹어."

앉은뱅이가 철판을 밀어 놓으며 말했다. 꼽추는 철판을 콩밭으로 차 버렸다. 그는 휘발유가 든 플라스틱 통을 들고 앞서 걸었다. 앉은뱅이는 급히 그의 뒤를 따라갔다. 길이 움푹 파인 곳에 물이 괴어 있었다. 물 가운데 디딤돌이 두 개 놓여 있어 꼽추는 어림짐작으로 그것들을 밟고 건너뛰었다. 그는 앉은뱅이를 기다렸다. 앉은뱅이는 물웅덩이를 피해 길가 잡초 위로 기어 꼽추가 양쪽 주머니에 꼭꼭 감아 넣었던 전깃줄을 꺼내 친구에게 보였다. 꼽추는 고개를 끄덕이고 바른쪽 콩밭으로 들어가 숨었다. 앉은뱅이는 사방이 너무 조용해 겁이 났다. 그래서 친구에게 말을 걸었다.

"오늘 시세 알아봤어?"

"응."

꼽추는 보이지 않고 목소리만 들려왔다.

"얼마래?"

"삼십팔만 원."

앉은뱅이는 더 이상 말할 기분이 나지 않았다.

"앞을 봐."

꼽추가 콩밭 속에서 말해 왔다. 앉은뱅이는 두 줄기의 불빛이 밤 하늘을 휘저으며 다가오는 것을 보았다. 불빛 이외에는 아무것도 보이지 않았다. 눈을 감았다. 밝은 불빛은 앉은뱅이의 망막에 진한 어둠만 남겼다. 그는 꼼짝을 하지 않았다. 승용차가 물웅덩이를 건너며 경적을 울려 대도 그는 꼼짝하지 않았다. 완충이가 그의 턱을 밀어붙이더니 승용차는 멎었다. 욕을 퍼부어 대는 사나이의 목소리가

려왔다.

꼽추는 바른쪽 콩밭에서 몸을 찰싹 붙였다. 사나이가 문을 열고 나왔다. 앉은뱅이는 옆으로 몸을 들더니 눈이 부신 얼굴로 사나이를 올려다보았다.

"이봐, 왜 그래?"

사나이가 외쳤다. 앉은뱅이가 작은 목소리로 뭐라고 중얼거리고 있었다. 사나이는 허리를 굽히며 물었다.

"뭐라구?"

"죽고 싶다구."

앉은뱅이가 말했다.

"내 위로 차를 몰아가. 나를 상관하지 말구."

그 목소리가 아주 작아 사나이는 앉은뱅이 옆에 쭈그리고 앉았다.

"이유나 알자. 도대체 왜 그러는 거야?"

"나를 알겠어?"

"알잖구. 나에게 입주권을 팔았잖아."

"그래, 당신이 칩육만 원에 사 갔지."

"나를 원망할 건 없어. 나는 시에서 주는 이주 보조금보다 만 원이나 더 준 거야."

"아무도 원망하진 않아."

앉은뱅이가 말했다.

"우린 그 돈으로 전세 들었던 사람을 내보낼 수 있었어."

"이봐, 길을 비키게."

사나이가 말했다. 앉은뱅이는 얼굴을 돌렸다.

"전셋돈을 빼 주니까 끝이야."

"아파트 입주 능력이 없어서 팔아 버린 것 아냐? 그런데 이제 와서 무슨 이야길 하는 거야?"

"집이 헐린 걸 봤지?"

"봤어."

사나이의 목소리가 거칠어졌다.

"우리 집이 없어졌어."

앉은뱅이의 목소리는 여전히 작았다.

"당신은 나에게 이십만 원을 더 줘야 돼."

"뭐라구?"

"아무것도 모른다고 그럴 수가 있어? 삼십팔만 원짜리를 십육만 원에 사다 이십만 원씩이나 더 받고 넘긴다는 건 말이 안 돼. 나에게 이십만 원을 줘도 이만 원의 이익을 보는 것 아냐? 더구나 당신은 우리 동네 입주권을 몰아 사 버렸지?"

"비켜!"

사나이가 몸을 일으켰다.

"비키지 않으면 집어 던질 테야."

"마음대로 해."

아주 짧은 순간 앉은뱅이는 정신을 잃었었다. 사나이의 구둣발이 그의 가슴을 차 버렸던 것이다. 앉은뱅이는 거듭 들어오는 사나이의 구둣발을 정신없이 잡고 늘어졌다. 앉은뱅이는 너무 약했다. 사나이는 앉은뱅이의 얼굴을 큰 주먹으로 몇 번 쥐어박더니 번쩍 들어 풀숲으로 내던졌다.

그는 거꾸로 처박히듯 내던져진 앉은뱅이가 길 위로 기어 나오려고 꼼지락거리는 것을 확인하고 돌아섰다. 방해물이 기어 나오기 전에 빨리 지나가야 했다.

그는 승용차 안으로 들어가기 위해 몸을 굽혔다. 순간, 검은 그림자가 그의 명치 밑을 힘껏 차 왔다. 사나이의 큰 몸이 힘없이 나가떨어졌다. 콩밭에 숨어 있던 꼽추가 차 안으로 들어가 있다 죽을힘을 다해 사나이를 차 버렸던 것이다.

"돈을 줄게!"

사나이는 말을 하고 싶었다. 그러나 그는 말을 할 수가 없었다. 꼽추가 그의 입에 큰 반창고를 붙인 뒤였다. 몸도 움직일 수가 없었다. 그의 몸은 전깃줄로 꽁꽁 묶여 있었다. 사나이는 꼽추가 앉은뱅이를 차 앞으로 끌고 가는 것을 보았다. 불빛에 드러난 앉은뱅이의 얼굴은 피투성이였다. 꼽추가 그의 얼굴을 씻어 주었다. 앉은뱅이는 울고 있었다.

"내가 뻗는 꼴을 보고 싶었지?"

앉은뱅이가 말했다.

"그렇지 않으면 좀 더 빨리 나왔어야 했어. 자넨 내가 뻗는 꼴을
보고 싶었던 거야."

"그만둬."

꼽추가 몸을 돌려 걸으며 말했다.

"저자를 차에 태워야 돼. 그리고 가방을 찾아야지."

"태워."

앉은뱅이가 따라오며 말했다. 사나이는 온몸을 뒤틀다 지쳐 조용
히 누워 있었다.

꼽추가 차 안으로 들어가 밤하늘을 일직선으로 가르며 켜져 있던 두 줄기의 불을 꺼 버렸다. 엔진도 껐다. 그는 운전석 밑에서 검정색 가방을 찾았다.

밖에서는 앉은뱅이가 사나이의 등을 받쳐 밀어 앉혔다. 꼽추가 나와 허리를 껴안아 일으켰다. 두 친구는 사나이의 몸을 더 받치듯 밀어 운전석으로 올려 앉혔다.

"나를 저자 옆에 앉혀 줘."

앉은뱅이가 말했다. 꼽추가 그를 안아 바른쪽 좌석에 앉혀 주었다. 자신은 뒤쪽으로 들어가 검정색 가방을 열었다. 사나이는 보기만 했다.

"돈과 서류야."

꼽추가 말했다.

"보여 줘."

앉은뱅이가 말했다. 사나이는 앉은뱅이와 꼽추가 자기의 모든 것을 갖고 있다는 것을 알았다.

"우리 것은 벌써 팔아 버렸어."

앉은뱅이가 가방 안을 뒤적이면서 말했다. 사나이는 두 눈만 껌벅거렸다.

"잘 봐."

"우리 이름이 이 공책에 적혀 있어. 그런데 연필로 그어 버린 거야. 이건 팔았다는 뜻이야."

앉은뱅이가 쳐다보자 사나이가 고개만 끄덕였다.

"삼십팔만 원에?"

사나이가 다시 고개를 끄덕였다.

"돈을 세어 봐."

꼽추가 말했다. 앉은뱅이가 돈을 세기 시작했다. 그는 꼭 이십만 원씩 두 뭉치의 돈만 꺼냈다.

"이건 우리 돈야."

앉은뱅이가 말했다. 사나이는 다시 고개만 끄덕였다. 그는 앉은뱅이가 뒷좌석의 친구에게 한 뭉치의 돈을 넘겨주는 것을 보았다. 앉은뱅이의 손이 부들부들 떨렸다. 꼽추의 손도 마찬가지로 떨렸다. 두 친구의 가슴은 더 떨렸다.

앉은뱅이는 앞가슴을 풀어헤쳐 돈 뭉치를 넣더니 단추를 잠그고 옷깃을 여몄다. 꼽추는 윗옷 바른쪽 주머니에 넣었다. 꼽추의 옷에는 안주머니가 없었다.

돈을 챙겨 넣자 내일 할 일들이 머리에 떠올랐다. 앉은뱅이의 머리에도 내일 할 일들이 떠올랐다. 아이들은 천막 안에서 잠을 자고 있었다.

"통을 가져와."

앉은뱅이가 말했다. 그의 손에도 마지막 전깃줄이 들려 있었다. 밖으로 나온 꼽추는 콩밭에서 플라스틱 통을 찾았다. 그는 친구의 얼굴만 보았다. 그 이외에는 정말 아무것도 보지 않았다. 그는 승용차 옆을 떠나 동네를 향해 걷기 시작했다. 유난히 조용한 밤이었다. 불빛 한 점 없어 동네가 어디쯤 앉아 있는지 알 수 없을 정도였다. 그는 이따금 걸음을 멈추고 앉은뱅이가 기어 오는 소리를 듣기 위해 귀를 기울였다.

앉은뱅이는 승용차 안에서 몸을 굴려 밖으로 떨어져 나올 것이다. 그는 문을 쾅 닫고 아주 빠르게 손을 놀려 어둠 깔린 황톳길 위를 기어 올 것이다.

꼽추는 자기의 평상 걸음과 손을 빠르게 놀렸을 때의 앉은뱅이의 속도를 생각하면서 걸었다. 동네 입구로 들어선 꼽추는 헐린 외딴집 마당가로 가 펌프의 손잡이를 눌렀다. 그는 두 손으로 물을 받아 입을 축였다. 그 손을 윗옷 바른쪽 주머니에 대어 보았다. 앉은뱅이가 가쁜 숨을 몰아쉬며 기어 오고 있었다. 꼽추는 앞으로 다가가 앉은뱅이의 얼굴을 들여다보았다. 어두워서 잘 보이지 않았다.

앉은뱅이의 몸에서는 휘발유 냄새가 났다. 꼽추가 펌프를 찧어 앉은뱅이의 얼굴을 씻어 주었다. 앉은뱅이는 얼굴이 쓰라려 눈을 감았다. 그러나 이런 아픔쯤은 아무것도 아니었다. 그는 가슴속에 들어 있는 돈과 내일 할 일들을 생각했다. 그가 기어 온 황톳길 저쪽 끝에서 불길이 솟아올랐다. 그는 일어서려는 친구를 잡아 앉혔다.

쇠망치를 든 사람들이 왔을 때 꼽추네 식구들은 정말 잘 참았다. 앉은뱅이네 식구는 꼽추네 식구들보다 대가 약했다. 앉은뱅이는 갑자기 일어서려고 한 친구가 마음에 들지 않았다. 폭발 소리가 들려왔을 때는 앉은뱅이도 놀랐다. 그러나 그것도 잠깐뿐이었다. 불길도 자고 폭발 소리도 자 버렸다.

어둠과 침묵이 두 사람을 싸고 있었다. 꼽추가 앞서 걸었다. 앉은뱅이가 그 뒤를 따랐다.

"살 게 많아."

그가 말했다.

"모터가 달린 자전거와 리어카를 사야 돼. 그다음에 강냉이 기계를 사야지. 자네는 운전만 하면 돼. 내가 기어 다니는 꼴은 보지 않게 될 거야."

앉은뱅이는 친구의 반응을 기다렸다. 꼽추는 말이 없었다.

"왜 그래?"

앉은뱅이는 급히 따라가 꼽추의 바짓가랑이를 잡았다.

"이봐, 왜 그래?"

"아무것도 아냐."

꼽추가 말했다.

"겁이 나서 그래?"

앉은뱅이가 물었다.

"아무렇지도 않아."

꼽추가 말했다.

"묘해. 이런 기분은 처음야."

"그럼 잘됐어."

"잘된 게 아냐."

앉은뱅이는 이렇게 차분한 친구의 목소리를 처음 들었다.

"나는 자네와 가지 않겠어."

"뭐!"

"자네와 가지 않겠다구."

"갑자기 무슨 소릴 하는 거야? 내일 삼양동이나 거여동으로 가자구. 그곳엔 방이 많아. 식구들을 안정시켜 놓고 우린 강냉이 기계를 끌고 나오면 되는 거야. 모터가 달린 자전거를 사면 못 갈 곳이 없

어. 갈현동에 갔었던 일 생각 안 나? 몇 방을 튀겼었는지 벌써 잊었어? 밤 아홉 시까지 계속 돌려 댔었잖아. 그들은 강냉이를 먹기 위해 튀기러 오는 게 아냐. 옛날 생각이 나서 아이들을 앞세우고 올 뿐야. 그런델 찾아다니면 돼. 우린 며칠에 한 번씩 집에 돌아가 여편네가 입을 벌릴 정도의 돈을 쏟아 놓아 줄 수가 있다구. 그런데 자네는 무슨 생각을 하는 거야?"

"나는 사범을 따라갈 생각야."

"그 약장수?"

"응."

"미쳤어? 그 나이에 무슨 약장사를 하겠다는 거야?"

"완전한 사람은 얼마 없어. 그는 완전한 사람야. 죽을힘을 다해 일하고 그 무서운 대가로 먹고살아. 그가 파는 기생충 약은 가짜가 아냐. 그는 자기의 일

을 훌륭히 도와줄 수 있는 내 몸의 특징을
인정해 줄 거야."

꼽추는 이렇게 말하고 한마디 덧붙였다.

"내가 무서워하는 것은 자네의 마음야."

"그러니까, 알겠네."

앉은뱅이가 말했다.

"가, 막지 않겠어. 나는 아무도 죽이지
않았어."

"어쨌든."

꼽추가 돌아서면서 말했다.

"무슨 해결이 나야 말이지."

어둠이 친구를 감싸 앉은뱅이는 발짝
소리밖에 듣지 못했다. 조금 있자
발짝 소리도 들리지 않았다. 그는
아이들이 잠든 천막을 찾아 기
어가기 시작했다. 울지 않겠다
고 이를 악물었다. 그러나 흐르
는 눈물은 어쩔 수 없었다. 그는
이 밤이 또 얼마나 길까 생각했다.

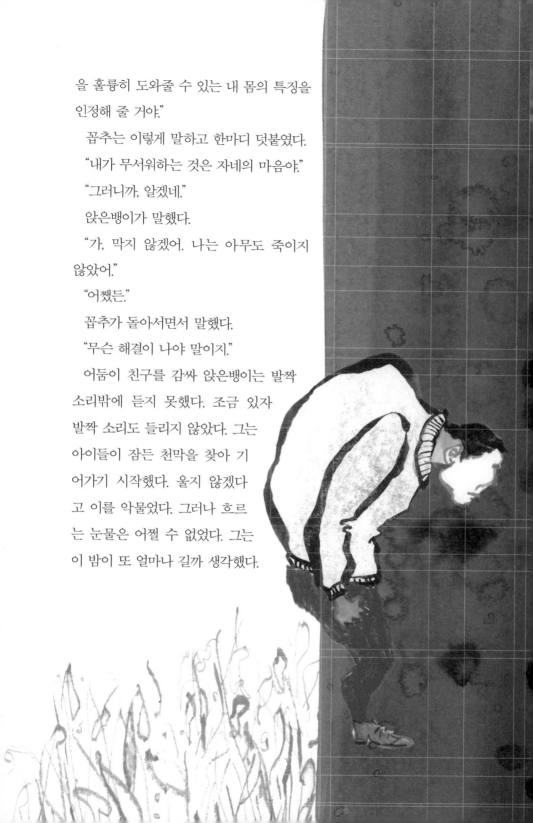

교사는 두 손을 교탁 위에 얹었다. 그는 제자들을 향해 말했다.

"끝으로 내부와 외부가 따로 없는 입체는 없는지 생각해 보자. 내부와 외부를 경계 지을 수 없는 입체, 즉 뫼비우스의 입체를 상상해 보라. 우주는 무한하고 끝이 없어 내부와 외부를 구분할 수 없을 것 같다. 간단한 뫼비우스의 띠에 많은 진리가 숨어 있는 것이다. 내가 마지막 시간에 왜 굴뚝 이야기나 하고, 띠 이야기를 하는지 제군은 생각해 주리라 믿는다. 차차 알게 되겠지만 인간의 지식은 터무니없이 간사한 역할을 맡을 때가 많다. 제군은 이제 대학에 가 더 많은 것을 배우게 될 것이다. 제군은 결코 제군의 지식이 제군이 입을 이익에 맞추어 쓰이는 일이 없도록 하라. 나는 제군을 정상적인 학교 교육을 받은 사람, 사물을 옳게 이해할 줄 아는 사람으로 가르치려고 노력했다. 이제 나의 노력이 어떠했나 자신을 테스트해 볼 기회가 온 것 같다. 다른 인사말은 서로 생략하기로 하자."

"차렷!"

반장이 벌떡 일어서며 소리쳤다.

"경례!"

교사는 상체를 굽혀 답례하고 교단에서 내려왔다. 그는 교실에서 나갔다.

겨울 해는 이미 기울어 교실 안이 어두워 왔다.

- 조세희,《난장이가 쏘아올린 작은 공》, 이성과힘, 2000.

깊게 읽기

묻고 답하며 읽는
〈뫼비우스의 띠〉

배경

인물·사건

작품

주제

1_ 겉 이야기

'뫼비우스의 띠'는 무엇인가요?

왜 하필 수학 교사인가요?

왜 학생들을 '제군'이라 부르나요?

왜 굴뚝 청소부 이야기를 하나요?

2_ 속 이야기

입주권이 무엇인가요?

강제로 집을 부숴도 되나요?

앉은뱅이와 꼽추는 왜 20만 원씩만 챙겼을까요?

꼽추는 왜 앉은뱅이의 제안을 거절하나요?

3_ 남은 이야기

앉은뱅이와 꼽추는 피해자인가요, 가해자인가요?

누가 더 나쁜가요?

문장의 길이가 짧은 이유가 있나요?

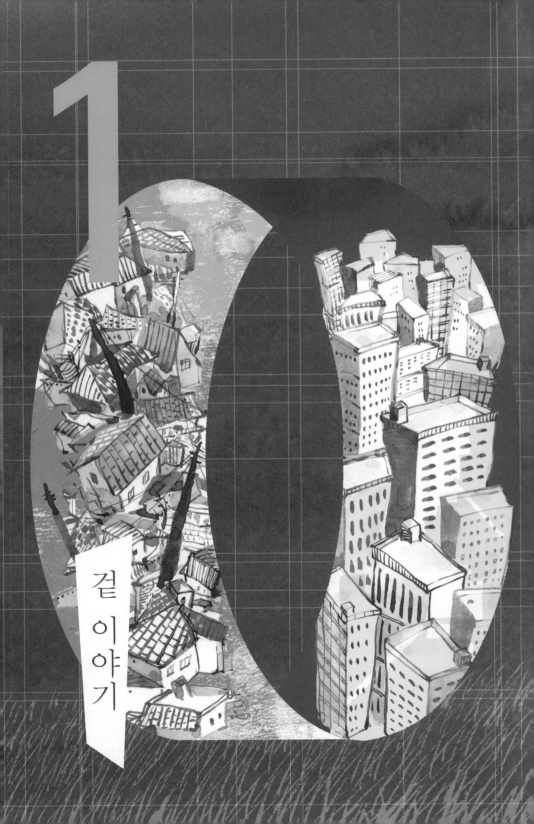

'뫼비우스의 띠'는 무엇인가요?

"평면인 종이를 길쭉한 직사각형으로 오려서 그 양 끝을 맞붙이면
역시 안과 겉 양면이 있게 된다. 그런데 이것을 한 번 꼬아 양 끝
을 붙이면 안과 겉을 구별할 수 없는, 즉 한쪽 면만 갖는 곡면이
된다. 이것이 제군이 교과서를 통해서 잘 알고 있는 뫼비우스의 띠
이다."

평면인 종이를 길쭉한 직사각형으로 오린 뒤 한 번 꼬아 양 끝을 붙
이면, 겉과 속을 구별할 수 없는 곡면이 만들어져요. 이것을 '뫼비우
스의 띠'라고 하지요. 이 띠는 1858년에 독일의 아우구스트 페르디난
트 뫼비우스(Möbius, August Ferdinand)와 요한 베네딕트 리스팅
(Johann Benedict Listing)이 각각 따로 발견했다고 해요. 시간이
흐르면서 리스팅의 이름은 잊히고 뫼비우스의 이름만 남았지요.

이 띠는 면이 한 개예요. 그런데 앞면과 뒷면의 구별이 없고 좌우의
방향을 정할 수도 없지요. 개미가 뫼비우스의 띠를 따라 표면을 이
동한다면 경계를 넘지 않고도 원래 위치의 반대 면에 도달하게 돼요.
뫼비우스 띠의 어느 지점에서든 중심을 따라 이동하면 출발한 곳과
반대 면에 도달할 수 있으며, 거기에서 계속 나아가면 두 바퀴를 돌

아서 처음 위치에 도착할 수 있는 연속성을 지닌답니다.

　이러한 뫼비우스의 띠는 우리가 사는 세상과 연결 지어 생각해 볼수도 있어요. 사물에 대한 시각이나 현상에 대한 생각 등은 저마다다른데, 우리는 하나의 시각이나 생각만을 옳다고 여기거나 심지어강요하기도 하지요. 하지만 사람들의 시각이나 생각은 한 면만 존재하거나 안과 밖이 분명하게 나누어지는 것만은 아니에요. 이 세상은뫼비우스의 띠처럼 안과 밖, 정의와 불의, 피해와 가해 등의 절대적인구분이 모호할 때가 많으니까요.

우리는 흑백논리나 고정관념에 사로잡혀 살아갈 때가 많아요. 그래서 그저 한 면만 보고 판단하거나 구별 지어 버리곤 하지요. 그러나 네 편과 내 편을 구별하지 않고 서로 협력하는 사회를 만들고자 한다면 바로 이 뫼비우스의 띠에서 그 지혜를 얻을 수 있을 것입니다. 뫼비우스의 띠처럼 안과 밖의 경계를 허무는 구조에서, 서로를 배척하지 않고 기대어 사는 관계의 아름다움을 생각해 볼 수 있지 않을까요.

생활 속
뫼비우스의 띠

뫼비우스의 띠는 일상에서도 찾아볼 수 있어요. 어떤 것들이 있는지 한번 살펴볼까요.

재활용 마크

우리 주위에서 발견할 수 있는 대표적인 것이 재활용 마크예요. 쓸모없어진 폐품을 가공하여 다시 사용하는 것이 재활용이지요. 재활용은 한 번으로 끝나는 것이 아니라 끝없이 계속돼요. 재활용 마크를 자세히 살펴보면, 겉이 속이 되고 다시 속이 겉이 됩니다. 지금 버리는 이 쓰레기가 다시 활용할 수 있는 자원이 된다는 것을 의미하지요. 그래서 자원을 재활용하기 위해 분리수거를 하는 제품들에는 이 마크가 붙어 있습니다. 제품이 쓸모를 다하면 폐품이 되고, 폐품을 다시 가공하면 제품이 되는 것. 이것은 앞뒤 구별 없이 이어진 뫼비우스의 띠와 같은 속성이에요.

통신회사 로고

한 통신회사의 로고인 '드림 리본'은 알파벳 'T'를 형상화하여 디자인한 거라고 해요. 안과 밖, 시작과 끝, 앞과 뒤가 공존하는 뫼비우스의 띠처럼 고객과 기업, 고객과 T가 하나 되어 공존하는 'Two-in-One'의 개념을 표현한 것이라고 합니다. 사람과 사람, 기업과 사람, 가족과 사회 등 사람 사이를 잇는 연결고리가 되겠다는 의미가 아닌가 싶네요.

정당 로고

민주통합당(2012년 1월 15일에 출범해 2013년 5월 4일까지 존재한 대한민국의 정당)은 뫼비우스의 띠를 형상화한 로고를 사용했어요. 이는 하나로 연결된 곡면의 이미지를 통해 정당과 시민, 노동자가 하

나가 되어 탄생한 당의 창당 정신을 강조한 것으로, 세대·지역·계층 간의 장벽을 허물어 서로 화합하고 소통하겠다는 뜻을 담았다고 하네요. 이와 함께 끝없이 지속·발전하는 정당이 되겠다는 뜻도 포함되었다고 합니다.

방앗간과 정미소

지금은 흔히 볼 수 없지만, 방앗간이나 정미소에서도 뫼비우스의 띠 원리가 쓰입니다. 방앗간이나 정미소에 있는 곡식 빻는 기계는 축과 축을 연결하는 고리로 검정 고무벨트를 이용해요. 그냥 축에 걸어서 사용하면 한쪽 면만 닳게 되는데, 뫼비우스의 띠 형태로 한 번 비틀어서 사용하면 두 면을 골고루 이용할 수 있어 그만큼 오래 쓸 수 있습니다.

책과 영화

《뫼비우스의 띠》(클리퍼드 픽오버 지음, 노태복 옮김, 사이언스북스)는 150년 전 발견된 뫼비우스의 띠에 어떤 과학적 원리가 숨겨져 있는지 파헤친 책이에요. 신발 끈을 묶을 때, 순환을 상징하는 재활용 마크를 그릴 때, 테이프의 양쪽 면에 소리를 녹음해야 할 때……. 고리 중간에 꼬임을 넣어 안과 밖이 구분되지 않도록 한 뫼비우스의 띠는 일상생활 곳곳에 혁명을 가져왔다고 밝히고 있어요.

애덤 샌들러와 드루 베리모어가 주연한 영화 〈첫키스만 50번째〉에서도 뫼비우스의 띠가 등장해요. 드루 베리모어는 기억상실증 때문에 매일 아침이 늘 똑같아요. 뫼비우스의 띠처럼 돌고 도는 하루가 계속 반복되지만, 애덤 샌들러의 지고지순한 보살핌 끝에 새로운 삶을 찾게 된다는 이야기입니다.

왜 하필 수학 교사인가요?

여러분은 수학이라는 과목에 대해 어떤 생각을 가지고 있나요? 그냥 어려운 과목일 뿐인가요? 일상에서는 수학이 암기 과목이 되어 버렸지만 수학은 원래 지극히 객관적인 학문입니다.

'뫼비우스의 띠'는 기하학의 한 분야인 위상수학에서 다루는 개념이에요. 위상수학은 도형의 모양이 변할 때 도형들 사이에서 변하지 않는 점, 선, 면의 위치 관계를 연구하는 학문이지요.

이런 면에서 뫼비우스의 띠를 통해 사람 사는 세상 이야기를 풀어 가기에 수학만 한 과목이 없습니다. 수학은 논리적 사고를 바탕으로 하는 학문이에요. 그래서 수학을 공부하는 이유를 '생각하기 위해서'라고도 하지요. 수학은 생각하기 좋은 공부라는 것입니다. 수학에는 옳고 그름이 있고, 과정이 있고, 그 과정에서 잘못 생각하면 오답이 나와요. 이런 측면에서 수학은 우리의 삶을 이해하고 해석하고 합리적인 사고 과정을 통해 잘못된 점을 찾아 해결하는 데 도움이 되는 학문입니다.

영어로 수학을 뜻하는 'mathematics'라는 단어는 그리스어 'mathesis'에서 생겨났어요. '배움'이나 '정신 수양'을 뜻하는 말이지요. 수학(數學)의 '수(數)'는 학문을 말할 때는 '사물의 이치나 도리'

를 뜻한다고 합니다. 그래서 수학은 '마음을 경영하는 학문'이라고도
해요.

어떤가요? '객관성 유지'라는 면에서 문과의 교사보다 이과의 수학
교사가 뫼비우스의 띠를 통해 세상 이야기를 하는 것이 설득력이 있
어 보이지 않나요?

거기다 이 수학 교사는 학생들이 신뢰하는 유일한 교사예요. 이 수
학 교사의 교육 철학은 그가 한 말에서 짐작해 볼 수 있어요.

수학 ⟶ 논리적 사고

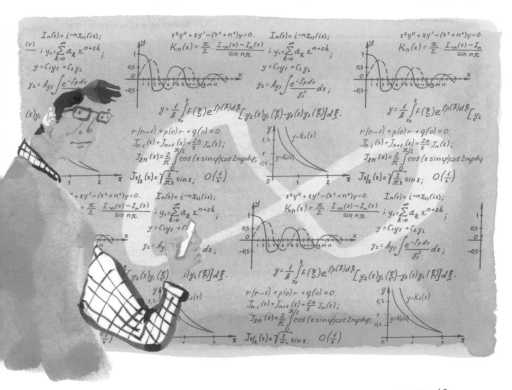

"인간의 지식은 터무니없이 간사한 역할을 맡을 때가 많다. 제군은 이제 대학에 가 더 많은 것을 배우게 될 것이다. 제군은 결코 제군의 지식이 제군이 입을 이익에 맞추어 쓰이는 일이 없도록 하라. 나는 제군을 정상적인 학교 교육을 받은 사람, 사물을 옳게 이해할 줄 아는 사람으로 가르치려고 노력했다."

이 수학 교사는 단지 시험을 위해 수학을 가르친 것이 아니라 '사물을 옳게 이해할 줄 아는 사람으로 가르치려고 노력했다.'라고 말해요. 그는 '삶을 관찰하고 해석하는 능력을 기르고 논리적 사고를 통하여 합리적으로 문제를 해결하는 능력과 태도를 기르는 수학'을 가르치고 싶어 합니다. 그래서 그는 "간단한 뫼비우스의 띠에 많은 진리가 숨어 있는 것이다. 내가 마지막 시간에 왜 굴뚝 이야기나 하고, 띠 이야기를 하는지 제군은 생각해 주리라 믿는다."라고 말하는 것이지요.

왜 수학 교사인지 아시겠지요? '뫼비우스의 띠'가 수학에 속하는 개념일 뿐 아니라, 뫼비우스의 띠에 담긴 진리를 학생들에게 객관적이고 논리적으로 가르칠 수 있기 때문입니다.

그리고 이 소설이 쓰인 1970년대 당시에는 대학에 갈 수 있는 학생이 같은 또래의 10퍼센트밖에 되지 않았어요. 따라서 대학에 가는 학생은 곧바로 지식인이자 사회 지배층으로 편입되는 경로를 따라가게 되어 있었지요. 이와 관련하여 작가는 수학 교사를 통해 사회 현실에 대한 예비 지식인으로서의 관심과 책임을 일깨워 주려 했다고도 볼 수 있을 것 같습니다.

'수학'의 여러 영역

'수학(數學, mathematics)'은 한마디로 '수(數)'에 관한 학문'이라고 할 수 있어요. 선사 시대부터 이미 '수'에 관한 인식이 있어 왔는데, 그때는 단순히 숫자를 세거나 크기를 나타내는 정도였지요. 요즘은 수학에서 다루는 대상이나 영역이 워낙 넓어서, '수학'의 개념을 설명하거나 정의를 내리기가 쉽지 않아요.

수학은 대체로 '대수학, 해석학, 기하학, 위상수학, 응용수학' 등으로 나뉩니다. 예전에는 각 영역들이 비교적 명확하게 구분되었지만, 오늘날은 해석기하학이나 대수기하학 등과 같이 통합적·보완적으로 사용되고 있어요. 그렇다면 각 영역에서는 어떤 것들을 다루는지 간단하게 한번 살펴볼까요.

대수학(代數學)은 숫자 대신 숫자를 대표하는 일반적인 문자를 사용하여 수의 관계, 성질, 계산 법칙 따위를 연구하는 학문이에요. 방정식에 대한 연구에서 비롯되었지요. 대수학은 주로 자연과학, 공학, 경제학 같은 분야에서 활용돼요.

해석학에서는 미분, 적분 등의 개념을 중심으로 함수들의 성질을 주로 연구해요. 해석학은 자연과학과 더불어 발달했다고 할 수 있지요. 유체역학이나 양자역학, 전자기학 등의 여러 논의에서 해석학의 미분 방정식이 활용되었답니다. 최근에는 자연과학뿐 아니라 사회과학 분야에서도 해석학이 쓰이고 있어요.

기하학은 선과 면, 도형 같은 기하학적 대상의 모양, 크기, 상대적인 위치, 공간의 성질 등을 연구하는 학문이에요. 기하학은 주로 실용적인 목적에 활용되었지요. 증강 현실이나 로봇의 물체 인식, 파노라마 사진 등도 기하학(사영기하학)과 관련이 있답니다. 이 외에도 공간과 공간에서의 물체를 다루는 대부분의 영역에서 미분기하학을 포함한 기하학의 다양한 논의가 활용되고 있습니다.

위상수학에서는 위치와 형상, 위치와 형상에 대한 공간의 성질을 연구해요. 같은 형태라고 할 수 있는 사물들 사이에 변하지 않는 공통된 성질을 주로 다루지요. 최신 물리학이나 로봇 공학 등에서 주로 활용되고 있습니다.

왜 학생들을 '제군'이라 부르나요?

그가 입을 열었다.

"제군, 지난 일 년 동안 고생 많았다. 정말 모두 열심히들 공부해
주었다. 그래서 이 마지막 시간만은 입학시험과 상관이 없는 이야
기를 하고 싶었다. 나는 몇 권의 책을 뒤적여 보다가 제군과 함께
이야기해 보고 싶은 것을 발견했다."

선생님은 학생들을 지칭하는 용어로 '제군'이라는 단어를 사용하고
있어요. 제군은 무슨 뜻일까요? 국어사전에는 이렇게 나와요.

제군(諸君): 통솔자나 지도자가 여러 명의 아랫사람을 문어적으로 조
금 높여 이르는 이인칭 대명사

무슨 뜻인지 짐작이 가나요? '제군'은 군대나 학교, 회사 같은 단체
생활을 하는 집단에서 무리를 이끄는 사람이 아랫사람을 높여 주는
말입니다. 학교에서라면 선생님이 학생들을 조금 높여서 부르고 싶
을 때 사용할 수 있는 말이 되는 것이지요. 하지만 요즘은 이런 표현
을 사용하는 선생님이 거의 없을 거예요. '제군'과 비슷한 뜻이 담긴

'여러분(듣는 이가 여러 사람일 때 그 사람들을 높여 이르는 이인칭 대명사)'이라는 말을 많이 사용하지요.

그런데 왜 작가는 '여러분' 대신 '제군'이라는 말을 썼을까요? 이 소설이 쓰이던 당시에는 '여러분'보다 '제군'이라는 말이 일상적으로 쓰였기 때문일까요? 그러지는 않았을 것입니다. '제군'이라는 말이 가지는 무게를 전달하려고 했던 것 같아요. 지금은 학생이지만 곧 사회로 나가야 하기 때문에, 이제부터는 세상과 삶을 알아야 한다는 생각으로 '제군'이라는 단어를 사용한 것이 아닐까요.

왜 굴뚝 청소부 이야기를 하나요?

"두 아이가 굴뚝 청소를 했다. 한 아이는 얼굴이 새까맣게 되어 내려 왔고, 또 한 아이는 그을음을 전혀 묻히지 않은 깨끗한 얼굴로 내려 왔다. 제군은 어느 쪽의 아이가 얼굴을 씻을 것이라고 생각하는가?"

18세기 후반 영국은 산업 혁명을 통해 엄청난 경제 성장을 이루어요. 이 소설에서 '굴뚝 청소부'는 독자들에게 호기심을 주는 소재로 등장하지만, 18세기 영국에서는 경제 성장을 향해 달려가던 자본주의의 어두운 면을 드러내는 대표적인 상징이었지요. 그 당시 굴뚝은 그렇게 크지 않아서, 굴뚝 청소부들은 열 살 안팎의 몸집이 작은, 엄마가 씻겨 준 세수 자국이 아직 볼에 남은 어린 소년들이었답니다. 이런 소년들이 청소를 하기 위해 굴뚝 속에 들어가 있을 때, 그 사실을 모르고 불을 지펴 질식해 죽는 경우도 꽤 있었다고 하네요.

수학 교사는 왜 굴뚝 청소부 이야기를 했을까요? 〈탈무드〉에 나오는 굴뚝 청소부 이야기는 이 소설에서 '관점'에 대해 생각할 거리를 던져 줘요. 사람들은 어떤 사실이나 사물에 대해 자신이 보는 것만이 진실이라고 믿지만, 그것이 꼭 진실은 아니라는 사실! 즉 우리가 보고 해석하는 사물이나 세계는 겉모습과 그 뒤에 숨어 있는 속뜻이

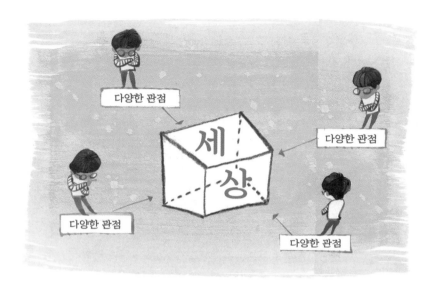

다를 수 있다는 것이지요.

사물을 어떻게 바라보고, 어떻게 판단할 것인가? 과연 우리가 보는 것이 진실인가? 이런 물음에 우리는 쉽게 답할 수 없어요. 그러나 많은 생각을 하게 하지요. 굴뚝 청소부 이야기는 뒤에 나오는 각종 사회 현상을 어떻게 읽고 해석해야 하는지를 알려 주는 구실을 해요. 보이는 현상 그대로 단순하게 판단하지 말고, 여러 측면을 고려해서 바라보아야 한다는 것이지요. 이는 우리 사는 세상이 수많은 모순을 안고 있다는 생각과도 연결됩니다.

이 글의 제목이기도 하고 주제를 담고 있기도 한 '뫼비우스의 띠'는 겉과 속이 따로 없어요. 우리가 사는 세상도 뫼비우스의 띠처럼 겉과 속, 외면과 이면의 뜻이 서로 뒤섞인 세계이지요. 그래서 수학 교사는 다양한 관점으로 세상을 볼 줄 아는 사람이 되라는 가르침을 전하기 위해 굴뚝 청소부 이야기를 하지 않았을까요.

속 이야기

입주권이 무엇인가요?

입주권이란 도시계획사업, 택지개발사업, 도시개발사업 등으로 자기 소유의 주택이 철거되는 경우, 이들에게 주어지는 '새 주택에 들어갈 수 있는 권리'를 말해요. 살던 집이 헐린 철거민에게 우선적으로 주는 분양권인 셈이지요.

1970년대는 농촌 중심 경제에서 공업화·산업화 경제로 바뀌면서 대규모 이동 현상이 일어났어요. 이농 현상으로 사람들이 도시로 모여들면서 도시의 주택이 절대적으로 부족해지지요. 그래서 무허가 판자촌이 생겨나기도 했답니다. 나라에서 이를 정비하는 과정에서 강제 철거와 함께 '아파트 건설'로 상징되는 도시개발사업이 광범위하게 이루어져요. 이때 철거민에게 재개발 후 입주할 수 있는 최소한의 권리가 주어지는데, 이를 입주권, 이른바 '딱지'라고 했어요.

그런데 딱지가 있다고 해서 바로 아파트에 입주할 수 있는 것은 아니었습니다. 아파트가 지어진 후에 입주해야 하는데 그때까지 강제 철거를 당한 가난한 사람들은 살 곳이 마땅치 않았어요. 그래서 가난한 사람들은 딱지를 헐값에 팔 수밖에 없었지요. 이 '딱지'는 땅 투기꾼인 '복부인'과 함께 1970년대 부동산 투기의 대명사로 일컬어졌습니다.

꼽추네와 앉은뱅이네가 살던 곳도 도시 변두리예요. 무허가로 판자 몇 장을 얽고 붙여 만든 집들이 모여 있는 이곳이 도시 재개발 지역으로 지정됩니다. 도시 재개발 업자는 이 지역에서 살고 있던 사람들, 즉 원주민들에게 새 아파트를 지으면 그곳에 살게 해 주겠다며 아파트 입주권을 줘요. 아파트 입주권을 받은 사람들은 아파트가 완공될 때까지 거주지를 옮겨야 합니다.

　그래서 원주민들은 입주권을 받고 그들이 살던 집을 비워 줘요. 하지만 그들은 아파트가 다 지어질 때까지 살 만한 곳이 없을뿐더러 옮겨 살 집을 구할 돈도 없어요. 아파트가 다 지어질 때까지 어찌어찌 지낸다고 하더라도 막상 입주할 때는 또다시 얼마의 입주금을 내야 하지요.

이런 상황에서 그들이 선택할 수 있는 길은 한 가지뿐이에요. 재개발 업자에게 받은 아파트 입주권을 웃돈 받고 파는 것입니다. 그들의 상황을 잘 알고 있는 재개발 업자들은 이들이 가진 아파트 입주권을 선심 쓰듯 웃돈을 주고 사들여요. 그리고는 아파트 입주를 원하는 사람들에게 엄청난 웃돈을 얹어서 되팔지요.

도시 변두리 달동네를 철거하고 고층 아파트를 짓는 도시 재개발의 경우, 원주민의 재정착률은 20퍼센트 이하라고 해요. 이는 재개발

사업으로 지어진 아파트가 원주민들을 위한 것이 아님을 잘 말해 주지요. 결국 도시 변두리 지역이 재개발됨으로써 가난한 원주민들은 그곳에서마저 쫓겨나 더 먼 변두리로 밀려나고 맙니다.

연작 소설 《난장이가 쏘아 올린 작은 공》

연작 소설이란 '독립된 완결 구조를 갖는 소설들이 일정한 내적 연관을 지니면서 연쇄적으로 묶여 있는 소설 유형'을 가리키는 말이에요. 《난장이가 쏘아 올린 작은 공》이나 《원미동 사람들》이 대표적이지요. 연작 소설에서 각각의 단편 소설들은 주제가 동일할 수도 있고, 배경이나 소재가 동일한 경우도 있습니다.

그럼 작가는 왜 이런 연작 소설의 형태로 소설을 쓰는 걸까요?

연작 소설은 단편 소설의 장점과 장편 소설의 장점을 모두 가지고 있기 때문이에요. 대부분의 단편 소설은 제한된 분량 때문에 몇 명의 등장인물이 한두 가지의 사건으로 소설을 전개해 나갑니다. 소설이라는 것이 결국 우리의 삶에 대한 이야기라고 한다면 단편 소설은 한두 명의 등장인물들을 통해 인생의 한 단면만을 집중적으로 보여 주는 장점이 있다고 할 수 있지요. 이와 달리 장편 소설은 다양한 인물들이 등장하고 다양한 사건과 갈등으로 이루어져요. 그렇다면 장편 소설은 소설을 통해 삶의 모습과 그 속에서 살고 있는 인물들 간의 관계 양상을 다양하고 총체적으로 조망할 수 있는 장점이 있습니다. 즉 단편 소설은 개별적인 삶의 모습에 집중할 수 있고, 장편 소설은 좀 더 전체적인 삶의 모습에 집중할 수 있겠지요.

연작 소설은 단편 소설의 장점과 장편 소설의 장점을 모두 가질 수 있어요. 그리고 각각의 단편들을 통해 시점 혹은 등장인물 등의 변화, 소설 속의 특정 사건을 바라보는 다양한 시각이나 관점 제시를 통해서 독자들에게 소설의 재미도 느낄 수 있게 해 주며, 당연하다고 생각되는 사회적 현상이나 사건들을 소설을 읽는 독자로 하여금 입체적으로 바라볼 수 있게 해 줍니다.

《난장이가 쏘아올린 작은 공》에 실린 12편의 단편은 각각 독립된 이야기를 가지고 있어요. 각 편들은 난장이, 앉은뱅이, 꼽추 등으로 대표되는 1970년대 소외된 사람들의 비참하고 절망적인 삶을 보여 줍니다. 또한 각 편들은 등장인물, 배경, 주제 등에서는 독립성을 가지지만, 이들 작품 전반에는 대체로 '가진 자와 못 가진 자, 고용주와 근로자, 억압하는 자와 억압받는 자' 등의 모습이 드러납니다. 즉 연작 소설이라는 형태로 한국의 1970년대 산업화·근대화에 대한 명암을 들여다볼 수 있게 해 주는 작품이라 할 수 있습니다.

강제로 집을 부숴도 되나요?

"사람들이 꼽추네 집을 무너뜨렸다. 쇠망치를 든 사나이들이 한쪽
벽을 부수고 뒤로 물러서자 북쪽 지붕이 거짓말처럼 내려앉았다."

꼽추네 집은 한쪽 벽만 부수어도 폭삭 무너져 내릴 만큼 허술해요.
집이라고 할 수도 없을 정도입니다. 그렇다 하더라도 이 집은 그들의
보금자리였어요. 이 집이 없으면 그들은 마땅히 갈 곳이 없습니다. 꼽
추네 가족은 자기네 집이 무너져 내려도 아무도 덤벼들지 않았고, 아
무도 울지 않았다고 합니다.

어쨌든 쇠망치를 든 사나이들이 꼽추네 집을 철거하는 것은 합법
적인 일이에요. 꼽추네는 입주권을 받았기 때문에 살던 집을 비워 주
어야 하고, 정한 기간이 지나게 되면 철거를 해야 하지요. 과연 이 법
이 타당하냐는 물음과는 별개로 말이지요.

이런 내용이 담긴 법이 '도시재개발법'이에요. 1971년 '도시계획법'
에 도시 재개발 사업이 포함되어 1976년에 도시재개발법이 제정되었
어요. 이 법은 제정 이후 계속 시행되어 오다가 2003년에 '도시 및 주
거환경 정비법'으로 대체되었습니다. 종전의 '도시재개발법'에 의한 도
심 재개발 사업 또는 공장 재개발 사업이 '도시 및 주거환경 정비법'

으로 바뀌면서 도시 환경 정비 사업으로 대체되어 지금도 이 법이 유지되고 있지요.

도시재개발법에 따라, 이미 입주권을 받은 사람들은 집을 비워 주어야 해요. 이들 집을 철거하겠다는 철거 계고장에는 건축법 제5조 및 동법 제42조의 규정에 의해 'ㅇㅇㅇㅇ년 ㅇㅇ월 ㅇㅇ일까지 자진 철거하라'는 내용이 담겨 있지요. 정한 기일까지 자진 철거하지 않을 경우에는 강제 철거하고 그 비용은 철거당한 집에서 부담하게 된다는 내용도 들어 있어요. 이를 근거로 쇠망치를 든 사나이들이 꼽추네가 살던 집을 부순 것입니다. 그러니 강제로 집을 부수었다 하더라도 합법적인 것이지요.

그렇다면 재개발 사업에 저항하여 입주권을 받지 않고 집을 비워 줄 수도 없다고 버티는 사람들은 어떻게 될까요? 입주권을 거부했다고 하더라도 그들은 버틸 수 없어요. 그들 역시 '도시 및 주거환경 정비법'에 따라 강제로 철거를 당할 수밖에 없습니다. 개발업체들이 강제로 철거를 집행하기 때문이지요.

그들에게 입주권만 쥐어 주고 나가라고 하는 것은 그들을 거리로 내모는 것과 다름없습니다. 도시화를 위한 재개발이 누구를 위한 것인지 또 그 도시화의 혜택을 원주민들이 누릴 수 있도록 배려했는지에 대해 생각해 보아야 해요. 도시재개발법은 그들을 배려하지 않았습니다. 결국 가난한 이들이 살던 터전을 빼앗아서 개발업자들의 배를 불리는 정책이 과연 국민을 위한 것일까요?

2009년 겨울, 용산 참사를 기억하시나요? 철거 과정에서 많은 사람이 희생되었던 용산 참사는 바로 이 도시재개발법이 가진 부정적인 면을 보여 주는 대표적인 예라고 할 수 있어요. 또 다른 용산 참사가 일어나는 일을 막기 위해 만들려고 하는 것이 '강제퇴거금지법'입니다. 그러나 이 법은 국회를 통과하지 못하고 몇 년째 묵혀 있는 형편이에요. 지금도 여전히 어디선가는 재개발이라는 이름으로 삶의 터전에서 쫓겨나는 사람들이 있답니다.

용산 참사

2009년 1월 20일 서울시 용산 재개발 보상 대책에 반발하던 철거민과 경찰이 대치하던 중 화재로 사상자가 발생한 사건. 용산구 한강로 2가에 위치한 남일당 건물 옥상에서 용산시장 철거민들이 자신의 억울함을 호소하기 위해 농성을 벌이고 있었다. 그 현장을 경찰이 급습하여 철거민들을 폭력적으로 해산시키는 과정에서 불이 나 세입자 5명과 경찰 1명이 희생되었고, 24명이 부상을 당했다.

당시 검찰은 사건 발생 3주 만에 철거민의 화염병 사용이 화재의 원인이었고, 경찰의 점거 농성 해산 작전은 정당한 공무집행에 해당한다는 수사 결과를 발표했다. 경찰의 과잉 진압에 대한 책임은 문제 삼지 않고, 철거민 대책위원장 등과 용역업체 직원 7명을 기소하는 것으로 끝을 내 버린 것이다.

이후 용산 참사 8주기를 앞둔 2017년 1월 19일 서울시에서 《용산 참사 기억과 성찰》이라는 용산 참사 백서를 발간했으며, 박원순 서울시장은 발간사에서 "성장을 중심으로 하는 무분별한 개발의 시대였던 지난 반세기 서울시 도시 개발 역사를 반성하고 성찰하는 기회로 삼겠다."라고 말했다.

강제퇴거
금지법

2011년 1월 18일 '용산 참사 2주기 범국민 추모위원회' 주최로 '용사 참사 재발 방지를 위한 강제퇴거금지법 제정 토론회'가 열렸어요. 이때 200여 쪽에 달하는 자료집이 만들어졌는데, 거기에 '개발사업에서의 주거권 보호 및 강제퇴거 금지에 관한 법률'이라는 이름의 법률 제정안이 들어 있답니다. 주요 내용을 소개하면 다음과 같아요.

제1조(목적) 이 법은 개발사업에서의 강제퇴거 금지에 관한 기본 사항을 정함으로써 헌법 및 국제인권조약에서 인정하는 적절한 주거에 대한 권리를 보장함을 목적으로 한다.

제2조(주거권) ① 모든 사람은 인간으로서의 존엄과 가치를 유지하는 데 필요한 주거 수준을 확보하고 이를 누릴 수 있는 권리를 갖는다.
② 모든 사람은 강제퇴거로부터 보호받을 권리를 갖는다.
③ 모든 사람은 재정착의 권리를 갖는다.
④ 모든 사람은 주거권을 누리는 데 있어 성별, 종교, 장애, 나이, 사회 신분, 출신 지역, 출신 국가, 출신 민족, 인종, 학력, 병력, 성적 지향 등에 따른 어떠한 차별도 받지 아니한다.

제5조(국가와 지방자치단체의 책임) ① 국가와 지방자치단체는 강제퇴거를 예방하고 재정착 권리를 보장하여야 한다.
② 국가와 지방자치단체는 강제퇴거로부터의 보호에 역행하는 조치나 현재보다 보호 수준이 후퇴하는 개발사업 정책을 취해서는 안 된다.
③ 국가와 지방자치단체는 강제퇴거로부터 보호받을 권리를 침해당했거나 침해의 위협을 받고 있다고 주장하는 사람에게 적절하고 효과적인 구제책을 보장해야 한다.
④ 국가와 지방자치단체는 강제퇴거를 예방하고 거주민의 주거권 및 재정착 권리를 보장하기 위해 필요한 재원을 마련해야 한다.

제6조(강제퇴거의 금지) 누구든지 거주민으로 하여금 강제퇴거 하게 해서는 아니 된다.

제9조(재정착 대책의 수립) 모든 거주민은 개발사업 시행보다 더 낫거나 동등한 수

준의 토지나 주거에 대한 권리를 가진다. 개발사업의 시행 주체는 거주민의 재정착의 권리를 보장하기 위하여 다음 각 호의 사항을 준수하여 재정착 대책을 수립하여야 한다.

제15조(퇴거 시 금지 사항) ① 어떠한 경우라도 퇴거 과정에서 생명과 안전과 존엄성을 침해하는 행위가 발생하여서는 아니 된다.
② 퇴거를 실행하는 사람은 퇴거 현장에서 폭언, 폭행, 협박, 손괴 등 폭력 행위를 하여서는 아니 된다.
③ 퇴거는 퇴거 대상 거주민의 동의 없이는 겨울철, 야간과 새벽, 악천후에 행해져서는 아니 된다. 철거가 금지되는 시기의 구체적인 사항에 대하여는 대통령령에서 정한다.
④ 관계 공무원이 입회하지 않은 상태에서 퇴거를 집행해서는 아니 된다.

제18조(벌칙) 개발사업 시행 주체가 제10조를 위반하여 거주민으로 하여금 강제퇴거를 하게 하는 경우 3년 이하의 징역이나 금고 또는 2천만원 이하의 벌금에 처한다.

제19조(벌칙) ① 퇴거 및 철거를 실행하는 자가 제15조 제2항, 제16조 제3항을 위반하여 퇴거 및 철거 현장에서 폭행, 협박, 손괴 등의 폭력을 행사한 경우에는 5년 이하의 징역이나 금고 또는 3천만원 이하의 벌금에 처한다.
② 퇴거 및 철거를 실행하는 자가 제1항의 죄를 범하여 사람을 사망에 이르게 한 경우에는 무기 또는 5년 이상의 징역에 처한다.
③ 퇴거 및 철거를 실행하는 자가 제15조 제2항, 제16조 제3항을 위반하여 퇴거 및 철거 실행 과정에서 사람을 살해한 경우에는 무기 또는 7년 이상의 징역에 처한다.

보고서에 실린 총 21조항의 법률안 가운데 일부예요. 이 외에도 목적, 원칙, 대책, 준수 사항, 금지 사항, 벌칙 등에 관한 내용들이 있습니다. 위원회는 이 법률안의 배경과 취지에 대해서도 설명하고 있는데, 다음은 그 중 한 부분입니다.

용산 참사뿐만이 아니다. 1960년 광주 대단지 항쟁에서부터 1980년 무허가 판자촌에 대한 재개발, 2000년의 뉴타운까지, 개발사업과 그에 저항하는 철거민들의 투쟁의 역사는 한국의 근현대사에서 빼놓을 수 없는 중요한 흐름이다. 그 과정에서 죽어 간 사람들만도 한두 명이 아니다. 망루에서 떨어져, 불에 타서, 철거하다가 무너진 담벼락에 깔려, 스스로 목숨을 끊어, 그렇게 사람들이 죽어 갔다. 그(그녀)들의 죽음 뒤로 더욱 많은 인권의 찬탈과 포기가 있었다. 언제까지 이렇게 둘 것인가.

앉은뱅이와 꼽추는
왜 20만 원씩만 챙겼을까요?

"돈을 세어 봐."

꼽추가 말했다. 앉은뱅이가 돈을 세기 시작했다. 그는 꼭 이십만 원씩 두 뭉치의 돈만 꺼냈다.

"이건 우리 돈야."

앉은뱅이가 말했다. 사나이는 다시 고개만 끄덕였다. 그는 앉은뱅이가 뒷좌석의 친구에게 한 뭉치의 돈을 넘겨주는 것을 보았다. 앉은뱅이의 손이 부들부들 떨렸다. 꼽추의 손도 마찬가지로 떨렸다. 두 친구의 가슴은 더 떨렸다.

앉은뱅이와 꼽추는 사나이가 가진 돈 가운데 20만 원씩만 가져가요. '우리 돈'이라고 말하는 앉은뱅이의 말에 사나이도 고개를 끄덕이지요. 그런데 그들은 돈만 챙기는 것이 아니에요. 앉은뱅이와 꼽추는 가져갔던 휘발유로 차를 태우고 사나이도 죽입니다.

앉은뱅이와 꼽추는 돈 있는 자들의 횡포에 강제로 집을 빼앗겼어요. 그들에게는 선택의 여지가 없었지요. 집을 철거하는 대신 입주권을 받기는 했지만, 그들에게는 그림의 떡입니다. 삶의 터전을 잃고 생존마저 위협받는 상황이지요. 시(市)에서 주는 이주 보조금도 턱없이 모자라 마땅히 갈 곳도 없어요. 그래서 그들은 어쩔 수 없이 입주권을 팔 수밖에 없었지요.

사나이는 16만 원에 입주권을 사들였어요. 그런데 입주권 가격이 점점 올라 38만 원에 이르게 되지요. 꼽추와 앉은뱅이는 속았다는 생각이 들었을 거예요. 사나이는 이주 보조금보다 만 원 더 쳐준 것이라고 했지만, 실은 헐값에 입주권을 샀던 것이니까요.

"아무것도 모른다고 그럴 수가 있어? 삼십팔만 원짜리를 십육만 원에 사다 이십만 원씩이나 더 받고 넘긴다는 건 말이 안 돼. 나에게 이십만 원을 줘도 이만 원의 이익을 보는 것 아냐? 더구나 당신은 우리 동네 입주권을 몰아 사 버렸지?"

앉은뱅이가 사나이에게 하는 말이에요. 자신들을 속이고 얻은 이익이니 정당하지 않다는 것이지요. 그러면서 20만 원은 자신들의 몫이라고 합니다. 사나이는 앉은뱅이를 무시하며 발길질과 주먹질을 해요. 그러고 나서 차에 타려는 순간, 꼽추의 발길질에 나가떨어지지요. 결국 앉은뱅이와 꼽추는 사나이의 가방에서 20만 원씩을 챙기고, 차에 불을 붙여 사나이를 죽입니다.

그들은 더 많은 돈을 가져갈 수도 있는데, 자기들의 몫만큼만 가져가요. 사나이를 죽이긴 했지만 앉은뱅이와 꼽추는 원래 착한 사람들입니다. 그런데 현실은, 자신들의 생존을 위해서 사나이의 목숨을 끊어야만 합니다. 만약 사나이를 살려 놓으면 뺏긴 돈을 찾으러 올 뿐아니라 그들에게 해를 가할 것이 뻔하기 때문이지요.

사람을 죽이면서도 자신들의 몫이라고 생각하는 20만 원씩만 챙겨 가는 꼽추와 앉은뱅이의 행위는, 그 행위가 어쩔 수 없는 정당방위이고 남의 돈을 욕심내지 않는다는 최소한의 도덕률을 암묵적으로 내세우는 행위라고 할 수 있을 것입니다.

꼽추는 왜 앉은뱅이의 제안을 거절하나요?

"모터가 달린 자전거와 리어카를 사야 돼. 그다음에 강냉이 기계를 사야지. 자네는 운전만 하면 돼. 내가 기어 다니는 꼴을 보지 않게 될 거야."
앉은뱅이는 친구의 반응을 기다렸다. (중략)
"나는 자네와 가지 않겠어."

앉은뱅이는 꼽추에게, 사나이에게서 뺏은 돈으로 이사를 하고 강냉이 기계를 사서 함께 일하면서 살자고 합니다. 그러나 꼽추는 앉은뱅이의 제안을 거절해요. 그러면서 살인을 저지르고도 아무렇지 않게 먹고살 방도를 찾는 앉은뱅이를 보며 두려움을 느끼기도 합니다. 어쩌면 꼽추는 동기만을 중요시하고 행동의 결과에 대해서는 책임을 지지 않는 앉은뱅이의 사고방식을 감당할 수 없었기 때문에 두려운 것일지도 모르겠네요. 그래서 꼽추는 자신의 의지대로 약장수를 따라가기로 마음먹어요.
　앉은뱅이가 원하는 삶과 꼽추가 원하는 삶이 같지 않은 것 같네요. 그런데 그들이 원하는 삶은 모두 그들의 신체적인 특징과 관련이 있어 보여요. 좀 더 구체적으로 살펴볼까요.

꼽추		앉은뱅이
척추 장애인. 선천적 혹은 후천적인 요인으로 등뼈가 휘고 등에 큰 혹 같은 것이 튀어나와 있어요.	신체적 특징	하반신 장애인. 앉기는 하여도 서거나 걷지 못해요. 선천적 또는 후천적인 요인으로 일어설 수 없어서 늘 앉아만 있어요.
"그(약장수)는 자기의 일을 훌륭히 도와줄 수 있는 내 몸의 특징을 인정해 줄 거야."	선택의 조건	"모터가 달린 자전거와 리어카를 사야 돼. 그다음에 강냉이 기계를 사야지. 자네는 운전만 하면 돼. 내가 기어 다니는 꼴을 보지 않게 될 거야."
약장수는 죽을힘을 다해 일하고 그 대가로 먹고사는 사람이고, 남을 속이며 사는 사람이 아니니, 그 사람은 자신의 쓸모를 인정해 줄 것이라고 생각하여 약장수를 따라가려고 해요.	선택의 이유	모터가 달린 자전거와 리어카, 강냉이 기계가 있으면, 리어카에 앉아 강냉이를 튀겨 팔면서 살 수 있어요. 그러면 기어 다녀야만 하는 자신의 꼴을 보이지 않고 살 수 있지요.

꼽추는 보통 사람에 비해 작고 활동성도 떨어지지만 자신의 다리로 걸어 다닐 수 있어요. 그래서 그는 약장수를 따라다니며 자신의 신체적인 약점을 도구로 돈을 벌어 살아 보려고 하지요. 약장수가 죽

기어 다니는 꼴을
보이고 싶지 않아!

을힘을 다해 자신의 몸으로 돈을 벌듯이 자신이 할 수 있는 한 자신의 몸을 움직여 돈을 버는 길을 택하려는 것입니다.

앉은뱅이는 앉은 채로 이동하는 자신을 '기어 다닌다'고 표현하는 것으로 보아, 그는 자신의 신체적인 약점을 부끄러워하고 있어요. 그런 그가 앉아서 생계를 유지할 수 있는 일거리를 갖는다면 얼마나 좋을까요. 그래서 그는 강냉이 기계를 돌려서 튀밥을 만드는 일을 하려고 해요. 한곳에 앉아서 찾아온 손님들에게 튀밥을 파는 일은 자신의 신체적인 약점을 감출 수 있는 일이니까요.

어떻게든 내 힘으로
살아갈 거야!

3

남은 이야기

앉은뱅이와 꼽추는
피해자인가요, 가해자인가요?

사회자 오늘은 〈뫼비우스의 띠〉에 나오는 앉은뱅이와 꼽추에 대해 토론해 보겠습니다. 앉은뱅이와 꼽추는 피해자일까요, 가해자일까요? 먼저, 피해자라고 생각하는 토론자의 이야기를 들어 보겠습니다.

은수 앉은뱅이와 꼽추는 피해자예요. 앉은뱅이와 꼽추는 신체적으로나 경제적으로나 약자이고 소외된 존재입니다. 이들은 분배와 복지의 개념이 없었던 1970년대 성장 우선, 기업가 우선 정책에 밀려 사회적으로 보호받지 못하고 생존의 벼랑에 내몰렸죠. 이들을 벼랑으로 내몬 가해자는 넓게는 국가와 사회이고, 좁게는 탐욕스런 부유층과 부동산 업자들입니다.

사회자 내용이 너무 어려운데, 좀 쉽게 말씀해 주실 수 있나요?

상붕 제가 말씀드리죠. 앉은뱅이와 꼽추는 아주 가난해요. 그들이 가난한 이유는 신체적 장애 때문이기도 합니다. 장애를 가진 사람들은 좋은 일자리를 얻기 힘들고, 그렇다 보니 자연히 먹고살기가 어렵지요. 게다가 당시는 국가나 사회에서 그런 사람들을 배려하거나 도와주지 못했어요. 그러다 보니 앉은뱅이와 꼽추는 사회나 국가로부터 보호받지 못하고, 탐욕으로 가득한 부자들에게 자기 것도 빼앗기는 처지로 살아가지요. 그런 상황에 비추어 본다면, 앉은뱅이와 꼽추는 그들의 생존을 지키기 위해 어쩔 수 없는 선택을 했다고 볼 수 있어요. 일종의 정당방위인 셈이지요.

사회자 알겠습니다. 이번에는 앉은뱅이와 꼽추가 가해자라고 생각하는 토론자의 이야기를 듣겠습니다.

정관 앉은뱅이와 꼽추는 당연히 가해자입니다. 물론 그들이 그렇게밖에 할 수 없었던 상황도 이해는 갑니다. 그렇다고 차를 불태우고 사람을 죽이는 행위는 어떤 경우에도 정당화될 수 없어요. 우리나라는 법치 국가예요. 그러니까 법의 테두리 안에서 해결을 했어야지요.

수미 과연 법으로 해결할 수 있었을까요? 철거해도 된다는 법 때문에 눈앞에서 집이 무너져 내렸어요. 그 대가로 받은 입주권은 자신들이 팔 때와 다르게 몇 배씩 높은 금액으로 거래됩니다. 이런 상황을 보고 그들은 절망하고 분노했을 겁니다.

형훈 절망했다고 폭력을 쓴다면 사회는 어떻게 될까요? 폭력이 난무할 것입니다. 아무리 힘들어도 폭력은 절대 사용해선 됩니다. 앉은뱅이와 꼽추의 폭력은 사나이의 폭력보다 더 무서운 폭력입니다. 어떤 이유로든 사람을 죽이는 것은 해서는 안 될 짓입니다.

수정 폭력이라는 것은 인정합니다. 다만 그들이 폭력을 쓸 수밖에 없는 상황으로 몰고 간 시대 상황을 봐야 한다고 생각합니다. 입주권을 돌려 달라는 요청에 폭력으로 대하는 사나이. 합법이라는 이름으로 힘 있는 사람들 편에 서는 법. 그들도 사나이를 죽이지 않고 해결하고 싶었을 것입니다. 그런데 사나

이를 죽이지 않고는 자기 것을 찾을 수 없는 것이 현실이었죠. 법이,
사회가, 국가가 힘없는 사람들을 배려했다면 그들은 폭력을 쓰지 않
았을 것입니다.

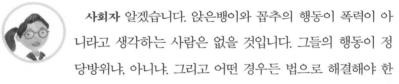 **사회자** 알겠습니다. 앉은뱅이와 꼽추의 행동이 폭력이 아
니라고 생각하는 사람은 없을 것입니다. 그들의 행동이 정
당방위냐, 아니냐. 그리고 어떤 경우든 법으로 해결해야 한
다, 법으로 해결할 수 없어서 그렇다. 각각의 주장은 나름의 논리가
있습니다. 여러분은 어떻게 생각하십니까? 앉은뱅이와 꼽추는 가해자
일까요, 피해자일까요?

누가 더 나쁜가요?

보통 우리가 어떤 사람의 행위가 좋은지 나쁜지를 판단할 때에는 법적인 기준을 적용하곤 해요. 그렇다면 이 작품에서 사나이와 꼽추와 앉은뱅이는 어떨까요?

사나이는 자신의 돈을 이용하여 입주권을 사들이고 가난한 사람들을 더욱 고통스럽게 만들었지만 법적으로 죄를 지었다고 말하기는 어려워요. 하지만 앉은뱅이와 꼽추는 다릅니다. 둘은 비록 헐값이지만 돈을 받고 입주권을 팔았음에도 불구하고 사나이를 폭행하고 결국 살인을 저질렀지요. 법적인 해석의 차이는 있겠지만 둘 다 살인죄로 처벌을 받을 수 있을 것 같습니다. 즉 법적인 기준으로 따진다면 앉은뱅이와 꼽추가 사나이보다 더 나쁘다고 이야기할 수 있어요. 하지만 이런 결론은 왠지 좀 찜찜한 느낌이 들지 않나요?

다른 이야기를 하나 해 볼게요. 경제 공황에 시달리던 러시아의 1860년대 대도시 페테르스부르크의 빈민가. 하숙비를 몇 달 치나 밀린 초췌한 모습의 대학교 중퇴생 라스콜리니코프는 욕망과 추함의 덩어리이자 비도덕적인 인물인 전당포 노인을 죽여요. 그러고는 자기와 같은 비범한 사람의 행동은 정당하고 그 추한 돈으로 더 좋은 세상을 만들 수 있다고 생각하지요. 이 이야기는 도스토옙스키의 〈죄와 벌〉에 나오는 이야기예요. 전당포 노인은 지금으로 말하면 고리대금업자로, 서민의 피를 빨아먹는 악덕 사채업자라 할 수 있습니다. 〈뫼비우스 띠〉에 나오는 부동산업자인 사나이 또한 같은 부류의 부도덕하고 탐욕스러운 존재이지요. 전당포 노인과 부동산업자인 사나이 둘은 죽습니다. 라스콜리니코프는 살인자로 도망다니다 소냐라는 여성을 만나 회개하고 시베리아 유형을 떠나요. 반면에 사나이를 죽인 앉은뱅이는 자신의 돈만 챙겨 살길을 찾아 떠나고 꼽추는 앉은뱅이와 헤어집니다.

　어떤가요? 우리가 법적인 기준으로만 이들을 평가할 수 있을까요? 법의 테두리를 벗어나 도덕적인 기준이나 자본주의를 바라보는

누가 더 나쁜가……

시각의 차이, 부유함과 가난함의 불균형 등 여러 가지 측면을 고려한다면 이 사람들에 대한 평가는 다양해질 수밖에 없을 것입니다.

그래서일까요, 이 작품의 작가 역시 등장인물의 행동에 대해 평가를 하지 않고 냉정하게 거리를 유지합니다. 강자인 사나이나 약자인 앉은뱅이와 꼽추에 대해서도 평가를 하지 않고 담담하게 사실적으로 서술할 뿐이지요. 이는 잘잘못을 사나이나 꼽추와 앉은뱅이와 같은 개개인에게 묻기보다는 그 인물들을 둘러싼 사회와 세계에 대해 살펴보라는 의도로 보입니다.

이제 여러분에게 질문을 던질게요. 여러분의 생각은 어떤가요? 부동산업자인 사나이는 죽을 만큼 나쁜 사람인가요? 앉은뱅이와 꼽추는 살인자인가요, 아니면 자신들이 당한 폭력에 대한 정당방위를 한 것인가요? 가방 안에 든 사나이의 돈을 모두 가져가지 않고 자신들 몫의 돈만 가지고 떠난 꼽추와 앉은뱅이의 행위는 또 어떻습니까? 이 질문들에 스스로의 기준을 세워 답을 해 볼 수 있다면, 여러분은 이 작품을 해석할 수 있는 중요한 열쇠를 하나 가지게 될 것입니다.

문장의 길이가 짧은 이유가 있나요?

꼽추는 고개를 저었다. 꼽추네 아이들은 천막 안에서 잠을 잤다. 그 아이들은 잠들기 전에 천막 앞에다 불을 피웠다. 앉은뱅이네 아이들이 저희 집 부엌 문짝을 가져와 불 위에 놓았다. 다 부서져 팔 수도 없는 것이었다.

글쓴이의 생각이나 개성이 글의 어구 등에 표현된 전체적인 특징을 문체라고 해요. 모든 글은 나름의 문체를 가지고 있지요. 문체는 작가의 문장 표현 방식, 즉 작가가 주제를 가장 잘 드러내기 위해 표현한 글투입니다.

이 소설이 지닌 문체의 특징 가운데 하나는 문장이 아주 짧다는 것입니다. 수식어도 별로 없고 접속어도 없어서 아주 간결하지요. 문학 전문 기자인 최재봉은 이를 조세희의 트레이드마크인 '스타카토식 단문'이라고 평했어요. 음악에서 한 음 한 음씩 똑똑 끊듯이 연주하거나 부르는 것을 스타카토라고 하는데, 이처럼 호흡이 짧은 문체라는 말이지요.

작가가 이런 문체를 사용한 것에는 나름의 이유가 있어요. 그 중하나가 당시 소설 창작 여건 때문입니다. 1970년대는 박정희 독재 정권 시절로, 자신의 사상이나 생각을 자유롭게 드러낼 수도 없었고, 사회나 국가에 대해 비판하기도 어려웠어요. 문학 작품 역시 당국의 검열을 받아야 했답니다. 이런 상황에서 조세희 작가는 자신의 작품이 온전히 사람들에게 전해지기를 바랐어요. 그래서 최대한 수식과 주관을 배제한 간결한 문장으로, 직설적이기보다는 은유와 상징을

통해 현실과는 한 발 떨어진 동화 같은 느낌을 주려고 했답니다. '뫼비우스의 띠'나 '굴뚝 이야기'도 그렇고, 사회적 약자인 앉은뱅이와 꼽추 등을 등장시킨 것도 같은 맥락이라 할 수 있어요.

《난장이가 쏘아올린 작은 공》의 단문은 아무래도 1970년대적 상황의 산물이라 해야 할 것이다. 직설이 아닌 은유와 상징을 강요했던 정치적 상황, 그리고 직장 생활을 하느라 긴 문장을 생각해 쓸 수 없었던 개인적 사정이 겹쳐서 나온 것이었다. 단문을 쓰고자 하는 내적인 요구도 있었다.

다른 이유도 있어요. 바로 작가가 영향을 받은 소설들 때문입니다. 작가는 '헤밍웨이의 하드보일드 스타일, 독일의 하인리히 뵐 같은 전후 문학의 짧은 문장들'이 자신의 작품 스타일이나 형식 등에 영향을 주었다고 했어요. 그러면서 '포크너의 의식의 흐름과 카프카 소설의 독특한 분위기'에도 영향을 받았다고 합니다.

창작의 동기

〈뫼비우스의 띠〉를 비롯한 '난장이 연작'은 1970년대 중반에 쓰였어요. 1970년대는 박정희 정권이 유신 헌법을 제정하여 장기 집권 체제로 들어가면서 정치적으로나 사회적으로 엄혹하고 암울했던 시기입니다. 자유와 인권이 억압당하고, 체제에 저항하거나 정부를 비판하는 사람들은 잡혀갔으니까요. 그런 때에 조세희 작가는 왜 근대화와 산업화의 어두운 면을 드러내고 개발 독재의 실상을 보여 주는 작품들을 썼던 것일까요?

"독재와 전쟁의 공통된 특징은 무엇입니까? 폭탄이 어디선지 모르게 날아온다는 것입니다. 한국전쟁에서만 동족상잔으로 550만 명이 죽어 간 마당에, 그 불행이 계속된다고 생각하니 마음이 아팠습니다. 550만이면 옛날 조선 시대의 총인구입니다. 기근이 들면 550만이 되고, 풍년이 들면 550만에서 600만 사이를 왔다 갔다 하는 게 조선 시대의 인구였으니, 얼마나 큰 비극인지 알 수 있지 않습니까. 이런 비극을 되풀이하지 않기 위해서, 일단의 내 책임을 다해야 한다고 생각했습니다. 싸울 힘이 없는 저로서는 유일한 무기인 소설을 쓰기로 마음먹었습니다. 글을 쓰면서 감옥 따위에 가서 가짜 영웅이 될 수는 없었습니다. 나는 '이것을 써서 판매 금지가 되면 절대 안 돼. 소수의 독자들에게도 전파가 되어야지. 이 책은 살아 있어야 돼.'라는 목표를 속으로 새기면서 써 나가기 시작했습니다."

작가는 유신 독재 시대였던 1970년대의 이야기를 전하고 싶어 이 이야기를 쓴 것입니다. 그래서 그 이야기가 판매 금지되지 않고 살아 있어야 한다고 강렬하게 바랐던 것이지요. 지식인으로서, 한 사람의 시민 또는 국민으로서 숨죽이고 있을 수만은 없다는 강한 의지가 펜을 들게 한 것이랍니다.

작품 밖 세상 들여다보기

시대

작가

작품

작가 이야기
조세희의 생애와 작품 연보, 작가 더 알아보기

시대 이야기
1970년대 초

엮어 읽기
또 다른 연작 소설

다시 읽기
여전히 꼽추와 앉은뱅이가 존재하는 사회

독자 이야기
감상문 쓰기

독자

조세희의 생애와 작품 연보

1942(8월 20일)   경기도 가평에서 아버지 조병이와 어머니 심범순 사이에서 태어남.

1944(3세)   아버지가 돌아가시고, 어머니와 함께 할아버지가 계신 시골로 내려감.

1953(12세)   초등학교 5학년 때 혼자 서울로 올라옴.

이후 어머니와 떨어져 서울의 친척집에 얹혀살면서 중학교와 고등학교를 다녔는데, 외로울 때마다 외로움을 달래기 위해 책을 읽었다고 한다.

1961(20세)   서울 보성고등학교를 졸업하고 서라벌예술대학교 문예창작학과에 입학함.

1963(22세)   서라벌예술대학교 문예창작학과에서 김동리에게 수학 후 졸업함.

1965(24세)   황순원의 도움으로 편입한 경희대학교 국어국문학과를 졸업함.

어머니가 지병으로 세상을 떠남.

경향신문 신춘문예에 소설 〈돛대 없는 장선(葬船)〉이 당선되어 등단함.

나는 이따금 어떤 의문을 갖게 된다. 그것은 사람들이 그들 안의 것을 어떻게 밖으로 내놓는 데 성공했을까 하는 점이다. 좀처럼 이해가 가지 않는다. 늦가을의 풍경 앞에서 영성(靈性)의 고갈을 느끼는 사람들은 그들 안에 깊은 세계를 지니고 있을 것이 아닌가. 나도 그들처럼 나의 안에 깊은 세계가 있다고 믿고 싶다. 비록 그것이 추론을 거치지 않은 단편적인 이미지에 불과한 것이라고 해도 나에게는 중요한 것이다. 그러나 나는 아직 그 세계로 가는 통로를 알고 있지 못하다. 그래서 책상 앞에 다가 앉을 때마다 숱한 파지만을 남기기 일쑤다. ('당선 소감'에서)

1966(25세)   희곡 〈문은 하나〉가 중앙일보 신춘문예에 가작으로 입선됨.

1969(28세)	결혼하여 가장이 됨.
1970(29세)	생계를 위해 학생들 수험서인 《진학》이라는 잡지를 발행하는 출판사에 취직함.
1971(30세)	단편 〈심문〉을 《월간문학》에 발표함.
1975(34세)	《문학사상》에 난장이 연작의 첫 작품인 〈칼날〉을 발표함.
1976(35세)	단편 〈뫼비우스의 띠〉, 〈우주여행〉, 〈난장이가 쏘아올린 작은 공〉 등을 발표함.
1977(36세)	단편 〈육교 위에서〉, 〈궤도 회전〉, 〈기계 도시〉, 〈은강 노동가족의 생계비〉, 〈잘못은 신에게도 있다〉 등을 발표함.
1978(37세)	〈잘못은 신에게도 있다〉로 제2회 이상문학상을 수상함. 이전의 난장이 연작들과 〈클라인씨의 병〉, 〈내 그물로 오는 가시고기〉, 〈에필로그〉 등 12편을 묶어 《난장이가 쏘아올린 작은 공》을 펴냄. "난장이는 나 자신이고 당신이고 우리 모두입니다. 그리고 난장이는 가장 비도덕적인 시대를 살아가는 가장 도덕적인 사람이지요." (경향신문, 1978년 6월 23일자)
1979(38세)	소설 〈오늘 쓰러진 네모〉, 〈긴 팽이모자〉, 〈503호 남자의 희망공장〉 등을 발표함. 《난장이가 쏘아올린 작은 공》으로 제13회 동인문학상을 수상함.
1981(40세)	《문학사상》에 단편 〈나무 한 그루 서 있거라〉를 발표함. 〈난장이가 쏘아올린 작은 공〉이 영화로 만들어짐.
1983(42세)	단편 〈어린 왕자〉를 발표함. 두 번째 소설집 《시간여행》을 출간함.

1985(44세) 사진 산문집《침묵의 뿌리》를 출간함.

《침묵의 뿌리》는 조세희 작가가 삶의 현장을 찾아다니며 그곳에서 묵묵히 살아가고 있는 서민들의 이야기를 사진과 함께 엮은 것이다. 총 3부로 구성되었는데, 1부는 단편소설과 에세이, 2부는 직접 찍은 흑백사진 100여 점, 3부는 사진 설명과 촬영 뒷이야기가 실려 있다.

1986(45세) 콩트를 사진과 함께 엮은《고통의 뿌리》를 출간함.

1990(49세) 《작가세계》에 '5·18 광주민주화운동'을 다룬 장편《하얀 저고리》를 연재하기 시작함.

1995(54세) 세 번째 소설집《내 그물로 오는 가시고기》를 출간함.

1997(56세) 시인 문부식, 소설가 윤정모 등과 함께 인문사회 비평 계간지인 《당대비평》을 창간하여 편집인으로 활동함.

1999(58세) 모교인 경희대학교 국어국문학과 대학원 겸임교수직을 맡음.
문화개혁시민연대 공동대표직을 맡음.

2017(76세) 《난장이가 쏘아올린 작은 공》이 출간 29년 만에 한국 문학 작품 최초로 300쇄를 돌파함.

작가 더 알아보기

독서광이었던 학창 시절

조세희는 시골 할아버지 댁에서 지내다가 1953년 초등학교 5학년 때 혼자 서울 친척집으로 올라와 학교를 다니게 돼요. 중학생 때 학교에 있는 '적십자 문고'에서 책을 대출해 준다는 것을 알게 되고부터 '책'은 그의 심심함을 벗어나게 해 줄 벗이 되었지요. 조세희 작가가 처음 읽었던 소설이 도스토옙스키의 《카라마조프가의 형제들》, 《죄와 벌》, 톨스토이의 《전쟁과 평화》라고 하네요. 그와 더불어 중학교 때 읽었던 10권 정도의 책이 이후 소설가로서의 삶을 사는 데 바탕이 되었다고 합니다.

작가로서의 사명

"내가 제일 참을 수 없었던 것은 '악'이 내놓고 '선'을 가장하는 것이었다. 악이 자선이 되고 희망이 되고 진실이 되고, 또 정의가 되었다. 내가 개인적으로 선택의 중요성을 느끼기 시작한 것은 이 무렵이었다. 어느 날 나는 재개발 지역 동네에 가 당장 거리에 나앉아야 되는 세입자 가족들과 그 집에서의 마지막 식사를 하고 있었다. 그때 철거반이 철퇴로 대문과 시멘트 담을 쳐부수며 들어왔다. 나는 그들과 싸우고 돌아오다 작은 노트 한 권을 사 주머니에 넣었다."

먹고살기 위해 문학 활동을 접고 직장 생활을 하던 조세희는 '한 작가로서, 아니 한 시민으로서 주어진 의무를 다해야 한다'는 생각으로 10년간 놓았던 펜을 다시 잡게 돼요. 1974년, 세입자 가족들과 함께 식사하면서 겪었던 경험이 그를 다시 문학의 길로 인도한 것이지요. 그때 산 노트에 섰던 글들이, 현대 소설 가운데 최고의 문제작이라 일컫는 《난장이가 쏘아올린 작은 공》의 바탕이 된 것이랍니다.

'용산 참사'는 야만 행위 – 2009년 조세희 작가 인터뷰

김미화 이번 용산 철거민 참사를 두고 많은 사람이 "2009년판 난쏘공이다." 이런 표현을 하거든요. 이번 사태를 보면서 선생님은 어떤 생각이 드세요?

조세희 글쎄, 우선 30년 전에 이 이야기를 쓰면서 제가 기본적으로 깔아 두었던 게 있어요. 그것은 인간 사회에서 일어나는 아주 나쁜 일 중에 하나죠. 그것이 30년 전에 있었는데, 오늘 또 이런 비극이 있지 않았습니까? 그러니까 보통 사람들보다 나는 작가로서 받는 충격이 더 컸던 것 같습니다.

김미화 아주 나쁜 일이라고 하신 게 정확히 어떤 건지, 철거를 말씀하시는 건가요?

조세희 그것은 뭐냐 하면, 이 지구상에선 숱한 생명이 살아가잖아요, 그 중에서 제일 뛰어난 것을 '인간'이라고 그럽니다. 70년대에 내가 난쏘공을 쓸 때, 그때 철거 현장에 가서 그 가족들과, 철거를 하면 곧 쫓겨날 가족들과 마지막 식사를 하고 있었어요. 그때 식사가 끝날 때까지 참아 주겠지 했는데, 철거 용역들이 무섭게 들어와서 우리가 먹던 밥상이 땅에 떨어지고 담은 무너지고, 인간이 느낄 수 있는 최악의 공포를 제가 그 현장에서 겪었어요. 그리고 그 우는, 눈물 흘리는 갈 곳 없는 세입자들, 그들과 한편이 되어서 몰려다니다가 철거반원과 싸우고 돌아오면서, 이대로 두면 안 되겠다…… 뭐가 안 되느냐? 인간 세계에 이런 범죄가 함부로 생겨서는 안 되겠다 하는 생각으로 난쏘공을 쓰기 시작했습니다. 그리고 30년이 지난 지금, 그 당시에 일어났던 일들보다 더 비인간적이고 더 잔인하고 그 횡포의 힘이 더 커서 그래서 받은 충격이 더 컸습니다. 30년 전에는 우리가 고생을 하면 아름다운 미래에 도착한다고 그랬는데, 제가 30년 후에 도착한 곳은 아주 더 무섭고 더 못된 인간이 사는 곳인 것 같다는 그런 생각이 들어서 고통스럽습니다.

    - MBC 라디오 프로그램 〈김미화의 세계는 그리고 우리는〉에서

아파트는 장식이 아니다

이 어찌 된 일일까. 와우 시민아파트가 폭삭 무너졌다. 사고로 보기에는 너무나 그 인명 피해가 크다. 23명이 죽고 매몰된 사람이 아직도 남아 있다는 보도다. …… 도시 이번 사고는 이해가 가지 않는다. 들리기에는 부실 공사의 탓이라고 하지만 명색이 아파트이고 그것도 민간이 아니라 정부기관인 서울시의 관영사업이었고, 더욱이 아파트 하면 으레 '문화'를 연상케 하는 근대 주택이라는 점에서 볼 때, 준공된 지 반년도 못 되어 장마철도 아닌 때에 별다른 까닭 없이 300평이나 되는 5층 콘크리트 건물이 폭삭 무너진다는 것은 도무지 납득이 가지 않는  다. …… 물론 기초 공사를 부실하게 했고 또한 설계한 대로 건축 자재를 쓰지 않았던 시공업자의 계약 위반 사실에 대해서는 뒤늦게나마 그 부정이 철저히 규명되고 또한 그로 인한 책임이 가차 없이 추궁되어 마땅할 것이다. …… 다만 우리는 그와 같은 부실 공사가 왜 성행하고 있는가에 대해서도 깊이 반성해야 한다고 본다. 이번 사고에서도 담당 구청의 지나친 공명심이 시비되었다. 업적을 서두른 나머지 시공 기간이 단축되고 또한 공사 시기가 분간되지 않았음이 밝혀졌다. 더욱이 업자를 선정하는 데 소홀했고, 아울러 감독 또는 준공 검사까지 소홀했음이 지적되고 있다. …… 물론 수도란 그 나라의 현관임이 틀림없다. 아름답게 가꿔져야 하고, 남 못지않게 근대화 되어야 한다는 데 그 누구도 마다할 리 없을 것이다. 그러나 아파트란 서민층의 주택 문제를 해결하기 위한 시민의 집단적인 보금자리이지 결코 도시를 미화하기 위한 장식물은 아닌 것이다. (1970)

판자촌 철거에 최루탄

11월 7일 오전 서울 영등포구 사당동 무허가 판자촌 500여 채 철거에 나선 경찰 기동대 100여 명은 국립묘지 뒷산에서 투석으로 맞선 주민 1000여 명에게 최루탄을 쏘며 이틀간 대치하는 가운데, 철거반원 300여 명과 함께 투석으로 대항하는 동네 쪽의 1000여 명의 주민에게도 최루탄을 쏘며 강제 철거를 시작했다. 6일 오전 10시에는 철거반원 200여 명과 경찰 기동대 80여 명이 투석전으로 맞선 주민들에게 최루탄 20여 발을 발사하고 5시간가량 소동을 벌이다 오후 3시 30분 철거를 중단했었다. 이날의 충돌로 경찰관 2명과 주민 2명이 부상을 입었고, 경찰은 돌을 던진 주민을 연행해 즉심에 넘겼었다. (1970)

광주 단지 주민들의 가난한 나날

"배고파서 못 살겠다. 일자리를 달라." "토지 불하 가격을 인하하라."라고 외치며 관공서와 차량을 불태우고 경찰 지서를 습격하는 등 6시간이나 광주 대단지를 공포와 무질서로 휘몰아 넣었던 난동은 땅값 인상과 세금 공세에 겹쳐 심한 생활고에 지친 주민들의 축적된 불만이 한거번에 폭발한 것이다. 광주 대단지 주민들의 약 30%는 철거민들로부터 10만 원 내지 20만 원을 주고 입주증을 구입한 전매 입주자들로, 이들은 대부분 서울 시내에서 셋방살이를 하다 자기 집을 마련할 셈으로 이사한 영세민들이다. 이들은 지난 선거 때 100여 개의 공장을 유치하여 실업을 구제하겠다고 서울시에서 공약하고 나서자 모두 곧 잘살게 되겠다는 희망에 부풀었고, 선거 전에 일었던 건축 붐으로 대단지 내에서도 매일 품팔이를 할 수 있어 생계를 이을 수 있었다. 그러나 선거가 끝나자 공약한 공장 유치가 이뤄지지 않고 서울시가 전매 입주자들에게 집을 짓지 않으면 입주증을 무효로 하겠다고 세 차례나 통고, 이에 급급한 전매 입주자들은 자금을 빌어서라도 집을 짓는 등 서둘러 댔다. 그러나 지난 달 서울시가 전매 입주자들에게 평당 8000원 내지 1만 6000원의 불하 대금을 일시불로 지불하라는 고지서를 발부하자, 자금난에 막힌 이들은 불하 대금 납부는커녕 건축 붐이 일시에 중단되었다. 여기에다 설상가상으로 전매 입주자들에게는 경기도 당국으로부터 취득세 고지서까지 발부되어 이 같은 무리한 당국의 세금 징수 독촉에 주민들의 부담이 과중되었다. …… 10일의 데모 현장에서 자기 키보다 더 큰 몽둥이를 힘겹게 들고 "배고프다"고 울부짖는 김 모 양(12세)의 경우나 "일자리를 달라"고 하소연하는 김 모 씨(21세) 등 남녀노소를 가릴 것 없이 빗속을 헤매며 발악적으로 부르짖는 애소를 관계 당국은 이번 사태의 시비를 떠나 근본적으로 해결하도록 최선을 다해야 할 것이다. (1971)

청소년·여성 근로자의 보호

청소년·여성 근로자들이 근로기준법의 보호를 받지 못한 채 나쁜 작업 환경 속에서 시달리고 있는 사실이 밝혀졌다. 조사에 따르면, 전체 근로자 117만 1000여 명 가운데 14~19세의 청소년 근로자가 17만 9000여 명으로 15.3%를 차지하고 있으며, 그중 61.5%가 1만 원 이하의 낮은 월급이고 심지어 견습공 가운데는 월 3000원 이하가 2600여 명이나 된다. 노동 시간도 하루 평균 10시간이 31.6%로 가장 많고, 심한 경우는 14시간의 중노동에 혹사당하고 있다. 여성 근로자의 경우도 노동 조건이 이와 거의 같고, 더욱이 시간 외 근무, 야간 근무, 휴일 근무의 경우 통상 임금의 50%를 가산하여 지급받게 되어 있으나 제대로 이행되지 않고 있다는 것이다. 근로기준법에는 엄연히 만 13세 미만은 사용이 금지되어 있고, 만 13~16세 미만일 경우도 하루 7시간, 주 42시간을 넘지 못하도록 되어 있다. …… 그러나 그 어느 것 하나 지켜지지 않고 있는 것이 우리의 실정이다. 연소자나 여성 근로자의 경우 근로 시간 위반쯤은 예사고, 휴가 같은 것은 아예 생각조차 할 수가 없다. 사용자들은 특히 이들의 취업 기회가 적다는 것을 미끼로 지켜야 할 급여, 근로 시간, 작업 조건 등을 마구 무시, 혹사하고 있다. 연소자들과 여성 근로자들은 그나마 직장을 잃을까 두려워 자신들의 정당한 주장을 내세울 수가 없고 따라서 법적 보장도 받지 못하고 있는 것이다. 아무리 좋은 법이라도 그것이 지켜지지 않으면 그 법은 있으나마나다. (1974)

학생은 지식 연마 전념을

박정희 대통령은 4월 3일 밤 '긴급 조치 4호'를 선포하면서 다음과 같은 담화문을 발표했다.
"…… 이른바 '전국민주청년학생총연맹'이라는 불법 단체가 반국가적 불순 세력의 배후 조종하에 그들과 결탁하여 공산주의자들이 이른바 그들의 '인민혁

명'을 수행하기 위한 상투적 방편으로 으레 조직하는 소위 통일 전선의 초기 단계적 지하 조직을 우리 사회 일각에 형성하고 반국가적 불순 활동을 전개하기 시작했다는 확증을 포착하기에 이르렀다. …… 국가 안전 보장을 책임지고 있는 대통령으로서 이 같은 불순 활동이 비록 초기 단계에 있다 하더라도 이를 신속하고도 강력하게 대처하지 않으면 안 된다고 판단하고 오늘 헌법 제53조에 의하여 긴급조치권을 불가피하게 발동하게 된 것이다. …… 나는 이 기회에 특히 사랑하는 우리 학생 제군들에게 몇 마디 간곡히 당부해 두고자 한다. …… 기성세대가 '오늘'을 관리할 책임과 의무를 지니고 있다면, 새로운 세대로서의 학생은 '내일'을 관리하기 위한 인격과 지식을 개발 연마해야 할 책임과 의무를 지니고 있는 것이다. 나는 그동안 온갖 어려운 살림살이 속에서도 학생 여러분을 학교에 보내기 위해 거의 모든 것을 희생해 온 학부모들의 피땀 어린 노고에 보답하는 길이 과연 무엇인가 냉철히 판단하여 행동할 시기라고 생각한다. 여러분의 일거수일투족은 여러분과 동일한 연배요 동일한 자질을 갖추고 있으면서도 가정 사정이 여의치 못하기 때문에 대학보다는 직장을 택하고 산업 전선에서 땀 흘려 활약하고 있는 수많은 근로 청소년이 선망의 눈초리로 지켜보고 있다는 사실을 잊어서는 안 될 것이다." (1974)

농촌 인구 크게 줄어

지난 1968년 이후 감소 추세를 보여 오던 농촌 인구가 지난해에는 더욱 급격한 감소를 보였다. 농수산부가 발표한 지난해 말 현재의 경제 기반 조사 결과에 따르면, 74년 말 현재의 농업 인구는 전년보다 118만 6000명이 줄어든 1345만 9000명으로, 감소율이 8.1%이다. 이는 72년 0.23%, 73년의 0.2% 감소 수준에 비해 크게 높은 감소율이다. 또한 농가 호수도 72년에는 전년에 비해 1.2%, 73년에는 0.08%씩 감소되다가 지난해에는 2.8%나 줄어 238만 1000호에 이르렀다. 이 같은 농가 인구 감소 추세에 대해 전문가들은 지방 도시망의 확대와 함께 공업화에 따라 농촌 인구가 도시로 흡수되는 근대적 의미의 이농 현상이라고 풀이하고 있다. 그런데 농촌 인구의 감소는 노동력이 주로 집중되는 6~7월과 10~11월에 이루어지고 있어, 농촌에 일손 부족을 가중시켜 문제가 되고 있다. (1975)

또 다른 연작 소설

〈뫼비우스의 띠〉는 12개의 단편으로 엮은 연작 소설 《난장이가 쏘아올린 작은 공》 가운데 첫 번째 작품이에요. '연작'은 '연결된 작품, 연관된 작품'이라고 할 수 있지요. 연작 소설에 속한 각각의 단편은 그자체로 하나의 완결된 구조를 지니지만, 각 편들은 주제·소재·배경 등에서 일정한 연관을 지니고 있다는 말입니다. 연작 소설 《난장이가 쏘아올린 작은 공》의 각 편들은 '1970년대, 강자와 약자(뺏는 자와 뺏기는 자, 억압하는 자와 억압당하는 자), 현실 대응' 등에서 일정한 연관성을 가지고 있어요. 그렇다면 《난장이가 쏘아올린 작은 공》과 같은 연작 소설에는 또 어떤 것들이 있을까요?

1. 이문구의 《관촌수필》

《관촌수필》은 1972~1977년까지 발표된 이문구의 단편 소설 8편(일락서산, 화무십일, 행운유수, 녹수청산, 공산토월, 관산추정, 여요주서, 월곡후야)으로 이루어진 연작 소설이에요. 관촌 마을을 배경으로 벌어지는 이야기를 중심으로, 당시 농촌의 생활상과 현실적 문제 등을 다루고 있답니다. 작품에 '수필'이라는 이름이 붙은 것은 작가가 관촌 마을에서 유년 시절을 보낸 경험을 바탕으로 했기 때문이에요.

〈일락서산(日落西山, 해가 서산으로 지다)〉은
성묘 차 13년 만에 고향을 찾은 '나'가 변해 버
린 고향의 모습을 보며 자신의 유년 시절을 회
상하는 내용이에요. 농촌의 모습과 함께 양반
가문이었던 자신의 집안이 현대사의 질곡을 겪
으며 몰락하는 과정이 잘 드러나 있습니다. 〈화
무십일(花無十日, 열흘 동안 피는 꽃은 없다)〉, 〈행

운유수(行雲流水, 떠가는 구름과 흐르는 물)〉, 〈녹수청산(綠水靑山, 초
록 물과 푸른 산)〉, 〈공산토월(空山吐月, 빈 산이 달을 토하다)〉도 '나'의
유년 시절 이야기가 중심이에요. 4편에는 각각 특정 인물이 주인공으
로 등장하고, 그들의 인상적인 삶이 소개됩니다.

〈관산추정(關山芻丁)〉은 고향에서 만난 옛 친구 복산이에 대한 이
야기를 중심으로, 마을 안을 흐르던 한내(大川)가 도시에서 밀려든
소비문화의 하수구로 전락한 모습을 그리고 있어요. '관산'은 고향
에 있는 산, '추'는 말이나 소에게 먹이는 풀, '정'은 고무래를 뜻하는
데, 이는 변해 버린 고향의 모습과 대비되는 예전 고향의 모습을 상징
한다고 할 수 있어요. 〈여요주서(與謠註序)〉는 '나'의 중학교 동창생이
공권력의 횡포에 시달리는 이야기를, 〈월곡후야(月谷後夜)〉는 소녀를
겁탈한 사건과 어쩔 수 없이 고향을 떠나야 하는 농촌 사람들의 이
야기를 담고 있습니다.

《관촌수필》은 한마디로, '나'가 변해 버린 고향을 찾아 그곳에서 떠
올리는 과거의 기억과 여전히 고향에 살고 있는 사람들에 대한 이야
기라고 할 수 있어요. 그 바탕에는 산업화·근대화·도시화에 휩쓸려

변해 버린 고향과 개인적이고 이기적으로 변해 버린 사람들의 모습에
대한 비판적 시선이 깔려 있습니다.

2. 이문구의 《우리 동네》

《우리 동네》는 1977~1981년까지 발표한 9편
(우리 동네 김씨, 우리 동네 리씨, 우리 동네 최씨,
우리 동네 정씨, 우리 동네 류씨, 우리 동네 강씨,
우리 동네 장씨, 우리 동네 조씨, 우리 동네 황씨)
의 소설을 발표 순서대로 엮은 연작 소설이에
요. 이 작품에서는 《관촌수필》에서 보였던 농
촌 공동체에 대한 시선이 한층 구체적이고 생
생하게 그려집니다.

　《우리 동네》는 각 편마다 제목에 들어 있는 인물들이 주인공으로
등장하여 농촌에서 벌어지는 여러 가지 문제적 상황을 보여 주고 있
어요. 이를 통해 공동체를 기반으로 했던 농촌 사회가 사회 변화(자
본주의, 물질 만능주의)에 휩쓸려 망가져 가는 모습, 힘 있는 자들이
농민들의 생존을 위협하는 현실, 정부의 '농촌 근대화 정책'에서 정작
농민들은 소외된 부조리한 상황 등을 읽어 낼 수 있답니다. 한마디로
당시 농촌 사회에 대한 종합 보고서라 할 만하지요.

　하지만 《우리 동네》는 농촌의 실상을 통해 현실을 풍자하고 비판
하는 데서 그치지 않아요. 농민들 스스로가 그들에게 닥친 현실의

문제를 주체적이고 능동적으로 대응해 나가는 모습을 보여 주지요. 급격한 사회 변화와 부조리한 시대 상황이 농촌 사회를 여러 모로 불편하게 만들었지만, 그럼에도 불구하고 그들의 문제는 그들 스스로 해결하리라는 작가의 믿음 혹은 바람이 투영된 것이라 할 수 있을 것 같네요.

70년대부터는 이동희, 오성찬, 문순태, 이문구 씨 등이 전통적인 농촌 사회의 붕괴 과정을 예리하게 그리고 있는데, 그 가운데서도 두드러지는 것으로 이문구 씨의 '관촌수필', '우리 동네 ○씨' 시리즈를 꼽을 수 있다. '우리 동네 ○씨' 7편의 연작 소설을 통해 산업 사회 속의 농촌의 소외와 피폐화 과정을 보여 줌으로써 80년대의 우리 농촌의 모습을 예시적으로 묘사하고 있는 이문구 씨는 최근에도 〈우리 동네 조씨〉를 발표하여 농촌에 그나마 남아 있던 조그만 화목까지도 깨어지는 의식의 변화상을 그려 보이고 있다. (동아일보, 1982년 1월 26일자)

3. 양귀자의 《원미동 사람들》

《원미동 사람들》은 1985~1987년까지 발표되었던 양귀자의 단편 소설 11편(멀고 아름다운 동네, 불씨, 마지막 땅, 원미동 시인, 한 마리의 나그네 쥐, 비 오는 날이면 가리봉동에 가야 한다, 방울새, 찻집 여자, 일용할 양식, 지하 생활자, 한계령)을 엮은 연작 소설이에요. '원미동'은 경기도 부천에 있는 동네이지요. 산업화·도시화가 한창이던 1980년대에

서울의 집값을 감당하기 힘들었던 소시민들
가운데 이곳에 터를 잡은 사람들이 많았답니
다. 집값이 서울보다 많이 쌌을 뿐 아니라 서울
과 가까워서 출퇴근하기도 좋았으니까요.

《원미동 사람들》은 이곳에 사는 소시민들의
다양한 모습을 포착한 작품이에요. 다른 연작
소설과는 달리 개별 작품 속 등장인물이 다른

작품에도 나오기 때문에 작품 간의 관련성이 더 긴밀합니다. 은혜네
가족, 외판원, 강 노인, '몽달씨'가 별명인 시인, 산으로 간 남자, 수리
공 임씨, 사진관 엄씨, 김 반장, 지하에 세 들어 사는 세입자, 밤무대
가수인 옛 동창 등이 각 편에 등장하는 주요 인물이에요. 모두가 저
마다의 사연을 가지고 살아가고 있지요.

> 서울은 막무가내로 그들을 밀어내었다. 온갖 책략을 동원해서 그들을
> 쫓아낸 뒤 안녕히 가십시오라고 음흉한 작별을 고했다. 달리는 트럭의
> 짐칸에 실려서 그는 부천시의 인사를 받았다. 어서 오십시오. 저 반지
> 르르한 인사말 속에는 또 어떤 속임수가 담겨 있는 것인지, 새삼 불안
> 에 떨며, 아니 추위에 떨며 그는 펼쳐지는 새 풍경을 바라보았다.
>
> ― 〈멀고 아름다운 동네〉에서

《원미동 사람들》은 급격한 도시화·산업화로 물질 만능주의가 팽배
하고 타인을 돌아볼 여유가 사라진 현실에서, 이웃 간에 겪는 갈등과
대립, 몰인정한 인정세태를 생생하게 묘사하고 있어요. 그렇다고 부정

적인 모습만 나오는 것은 아닙니다. 따뜻하고 착한 심성을 지닌 사람들의 모습도 그려지니까요. 현실이 절망적이고 고단하더라도, 그 속에서 만나는 사랑과 감동이 있다면 다시 웃을 수 있고 내일을 꿈꿀 수 있지 않을까요.

여전히 꼽추와 앉은뱅이가 존재하는 사회

시대가 변해도 잘 변하지 않는 것들이 있어요. 그 가운데 하나가 가난한 사람들과 소외된 사람들이 언제나 존재한다는 것이지요. 그 모습이나 이름은 달라도 우리 곁에 언제나 있어 왔습니다. 노예라는 이름으로, 하인이라는 이름으로, 머슴이라는 이름으로, 여자라는 이름으로, 장애인이라는 이름으로, 비정규직이나 알바생이라는 이름으로 말이지요.

오늘날은 〈뫼비우스의 띠〉의 배경인 1970년대보다 오히려 더 많은 꼽추와 앉은뱅이가 존재할지도 몰라요. 그 당시는 대부분이 가난했지만 내일은 달라질 수 있다는 희망이 있어 그나마 견딜 수 있었습니다. 그리고 그 희망으로, 땀과 눈물로 중산층의 사회를 만들었지요. 그러나 1997년 IMF 외환위기 이후 중산층이 줄고 갈수록 양극화가 심해졌어요. 그러다 보니 이 시대의 꼽추와 앉은뱅이도 늘어나게 되었지요. 삶을 위해 최선을 다해도 경쟁에서 밀려나 가난에서 벗어나기 어려운 비정규직과 소규모 자영업자들이 많아졌습니다.

거기다 요즘은 경제적인 것뿐만 아니라 외모로 꼽추와 앉은뱅이를 만들기도 하고, 학력이라는 사슬로 꼽추와 앉은뱅이를 만들기도 해요. 경제력의 차이, 신체의 차이, 학력의 차이가 차별을 만들고 이를 당연한 듯이 받아들이지요. 또 그것을 대물림하고 있답니다.

그렇다면 어떻게 해야 할까요? 가난하고 소외된 사람들은 앞으로
도 계속 그렇게 살아야 하는 것일까요? 답은 연대하는 것입니다. 꼽
추와 앉은뱅이가 서로 돕고 협력하면서 새로운 세상을 향해 나아가
야 한다는 말이지요. 다 같이 어우러져 잘 살 수 있는 새로운 세상
이 쉽게 오지 않을지라도 끝없이 싸우고 땀 흘리며 노력해야 해요.
민주주의는 '피를 먹고 자라는 나무'라고 합니다. 세상을 바꾸기 위
해서는 희생이 따를 수밖에 없지요. 자신만은 벗어날 수 있다는 환
상을 버리고 함께해야 합니다. 학벌이든 권력이든 경쟁에 따른 '승자
독식'이 당연시되는 인식을 바꾸고, 인간이면 누구나 최소한의 삶을
유지하기 위한 기본 복지 제도를 정착시키려면 연대해서 요구하고
법과 제도를 만들기 위해 노력해야 합니다.

빈곤과 불평등 사회 고발하고 싸울 것

사회·노동·인권·종교·시민 단체들이 10월 17일 유엔이 정한
'세계 빈곤 퇴치의 날'을 맞아 "우리는 빈곤과 불평등을 거름
삼아 발전한 도시에서 다시 우리의 몫을 찾아오기 위한 싸움
을 할 것"이라고 선언했다.
'1017 빈곤 철폐의 날' 조직위원회는 이날 오전 세종문화회관
앞에서 기자회견을 열고 "우리는 빈곤과 불평등이 만연한 이
사회를 고발하고, 이에 맞선 싸움을 선포하기 위해 이 자리
에 모였다"고 밝혔다.

그러면서 "빈곤은 국제기구의 한시적인 구호나 원조로 퇴치되는 것이 아니다"라며 "불평등과 빈곤을 심화시키는 사회 구조에 맞서 힘을 모아 싸울 때 빈곤을 철폐할 수 있다"고 강조했다.

빈곤과 불평등이 사회 구조의 문제라는 점을 거듭 강조했다. 이들은 '빈곤 철폐의 날' 제안문에서도 "한국 사회는 절대 빈곤의 터널을 빠져나오기도 전에 사회의 부를 일부 부유층이 독식하는 경제 구조가 확고해져 왔다. 재벌과 대기업에는 온갖 혜택이 부여되는 반면 99% 민중들에게는 성장의 대가가 돌아오지 않았다"고 지적했다.

'빈곤 철폐의 날' 조직위는 '장애인과가난한이들의3대적폐폐지공동행동, 내가만드는복지국가, 맘편히장사하고픈상인모임, 민달팽이유니온, 민주노총, 빈민해방실천연대, 전국불안정노동철폐연대, 전국빈민연합, 전국장애인차별철폐연대, 조계종사회노동위원회, 천주교인권위원회' 등 전국 59개 시민·사회 단체들의 연대체다.

조직위는 "촛불을 든 시민들의 투쟁은 마침내 승리해 권력자들을 끌어내렸지만 가난한 이들의 삶은 여전히 크게 바뀌지 않았다"며 "도심 속 노동자들은 밤새 불 꺼지지 않는 사무실과 공장에서 아무리 열심히 일해도 안정된 방 한 칸 마련하기 어렵다"고 비판했다.

경제 규모 11위에 해당하는 우리나라는 매년 노인 빈곤율과

자살율 1위라는 불명예를 안고 있다. 또 2015년 기준 인구 12.5%(1인 가구 포함)가 절대 빈곤에 처해 있다. 반면 소득 수준 상위 10%가 42% 자산을, 한 사람이 2312채의 집을 소유하고 있어 양극화도 매우 심각한 상황이다.

조직위는 "소위 '뜨는' 지역에서 살거나 장사하는 이들은 부동산을 소유한 이들의 탐욕으로 인해 쫓겨난다"며 "대책 없는 개발 때문에, 임차료 폭등 때문에 쫓겨나고 밀려나 거리에 종착한 이들에게 도시는 그들이 몸 뉘일 땅 한 평, 좌판을 펼 땅 한 평을 허락하지 않는다"고 지적했다.

이어 "우리의 싸움은 노동이 존중받는 사회, 집·가게·거리에서 쫓겨나지 않는 사회, 차이가 차별이 되지 않는 사회, 아프면 치료 받을 수 있는 평등한 사회를 이룩하기 위한 싸움"이라며 "평등한 땅이 한 평, 두 평 늘어나 빈곤을 철폐하는 그 날까지 우리의 싸움은 계속될 것"이라고 강조했다.

- 레디앙미디어 유하라 기자, 2017년 10월 17일

감상문 쓰기

전주성심여고 고채원

소설의 제목인 '뫼비우스의 띠'는 겉과 속을 구별할 수 없는 모순적인 물체이다. 소설을 읽기 시작하면서 머릿속에 든 하나의 의문은 뫼비우스의 띠를 제목으로 설정한 이유에 관한 것이었다. 또한 이 소설은 수학 교사가 학생들에게 하는 이야기와 앉은뱅이와 꼽추의 이야기, 이 두 개로 나누어진다. 그래서 이 두 이야기가 함께 보여 주고 싶은 이야기가 무엇인지, 그들이 말하고자 하는 것이 무엇인지도 궁금해하며 소설을 읽었다.

소설은 교실에서의 이야기로 시작된다. 한 수학 교사는 학생들에게 굴뚝 청소를 한 아이들에 대한 이야기를 들려주고 그에 대해 질문한다. 교사는 학생들이 당연히 정답이라고 여겼던 흐름에 돌을 던지고, 새로운 시각과 존재하는 모순들에 대한 실마리를 던져 준다. 도입부부터 신선한 충격을 받은 덕분에 앉은뱅이와 꼽추의 이야기에 더욱 집중할 수 있었다.

앉은뱅이와 꼽추의 이야기에서 그들은 부동산 업자인 사나이로부터 자신들의 돈을 돌려받기 위해 살인을 저지른다. 살인을 저지르기 전까지는 피해자였던 그들이 살인을 함으로써 가해자가 되는 상황을 통해 다시 한 번 우리 주변에는 모순이 즐비하고 있다는 사실을 일깨워 준다.

이 이야기를 읽으면서 학교 폭력의 한 사례를 들었던 일을 떠올렸다. 한 중학생이 동급생의 계속되는 학교 폭력을 견디다 못해 학교에서 자신을 괴롭힌 학생에게 칼부림을 한 사건이었다. 흉기에 여러 번 찔린 학생은 수술 후에 회복되었지만 한때 중태를 겪기도 했었을 만큼 심각한 일이었다. 당시 이 사건을 두고 친구들 사이에서 누가 피해자이고 가해자인지, 누가 더 잘못했는지에 대해 서로 다른 의견들이 상충하는 바람에 한동안 이야기의 화제가 되었지만 끝내 모두가 인정할 만한 정답은 나오지 않았던 기억이 있다. 이 사례는 앉은뱅이와 꼽추의 이야기처럼 가해자와 피해자를 규정하기 어려웠기 때문에 자연스레 떠올랐던 것 같다.

왜 수학 교사는 학생들에게 굴뚝 청소를 한 아이들의 이야기와 앉은뱅이, 꼽추에 대한 이야기를 들려줬을까. 소설 끝의 일부는 다음과 같다.

"제군은 이제 대학에 가 더 많은 것을 배우게 될 것이다. 제군은 결코 제군의 지식이 제군이 입을 이익에 맞추어 쓰이는 일이 없도록 하라. 나는 제군을 정상적인 학교 교육을 받은 사람, 사물을 옳게 이해할 줄 아는 사람으로 가르치려고 노력했다. 이제 나의 노력이 어떠했나 자신을 테스트해 볼 기회가 온 것 같다. 다른 인사말은 서로 생략하기로 하자."

이는 교사가 교실에서 나가기 전, 학생들에게 마지막으로 한 말이다. 이 수학 교사가 앞서 들려준 굴뚝 이야기, 앉은뱅이와 꼽추의 이야기를 통해서 곧 대학교라는 새로운 사회를 맞이할 학생들에게 하고 싶었던 말은 무엇이었을까. 나 역시도 소설 속 학생들과 마찬가지로 사회와의 대면을 얼마 남기고 있지 않은 상황에 처해 있는 사람으로서 이 마지막 대목에서 읽기를 멈추고 꽤 오랜 시간을 들여 생각해 보게 된 것 같다. 수학 교사는 소설 속 학생들에게, 나아가 독자에게 사회와 우리 주변에는 저 두 이야기처럼 한쪽 입장에서만 생각해서는 해결이 되지 않는, 모순으로 둘러싸인 일이 많다는 것을 느끼게 해 준 것 같다.

과거에 학교 폭력 사례에 대해 친구들과 열띤 토론을 해 봐도 모두가 고개를 끄덕일 만한 결론이 나오지 못한 이유는 정답에만 집착한 나머지 좁은 시야에 갇힌 사고만을 고집했기 때문이 아닐까. 가까운 미래의 대학 생활에서는 선택의 순간이 늘어나고 그에 따른 책임도 가중될 것이다. 그럴 때마다 편협한 시각에서 벗어난 다방면적인 사고를 통해 신중한 선택을 하려고 노력해야겠다. 또한 많은 사회 속의 모순들로 혼란스러운 상황에 처할 때마다 이 소설이 제시해 준 삶의 지향점과 교훈을 잊지 않도록 할 것이다.

이 소설은 '학교에서 학생들이 신뢰하는 유일한 교사'의 이야기로 시작된다. '학생들이 신뢰하는 유일한 교사'라는 말이 내게는 '존경'이라는 말로 다가온다. 학생들에게 존경받는 이 교사는 수학 담당 교사이다. 수학 담당 교사는 아이들에게 이야기를 들려준다.

"두 아이가 굴뚝 청소를 했다. 한 아이는 얼굴이 새까맣게 되어 내려왔고, 또 한 아이는 그을음을 전혀 묻히지 않은 깨끗한 얼굴로 내려왔다. 제군은 어느 쪽의 아이가 얼굴을 씻을 것이라고 생각하는가?"

나도 생각해 본다. 더러운 아이? 깨끗한 아이? 생각에 빠져 있을 때 수학 교사는 말한다. '한 아이의 얼굴이 깨끗한데 다른 한 아이의 얼굴은 더럽다는 일은 있을 수가 없다.' 충격이었다. 내게 이 말은 충격 그 자체였다. 국어 선생님께서 가끔 해 주시던 말이 떠올랐다. "중2가 무서운 이유는 자신이 아는 것이 세상의 진리라고 믿기 때문이다. 자신과 다른 생각이나 사람은 그야말로 '다른' 것이 아니라 '틀린' 것이라고 착각하는 것이다." 두 이야기가 묘하게 하나로 합쳐졌다. 중2인 우리에게, 내가 아는 사실은 그 자체가 정답이고 진리여야 한다. 그런데 그게 모순이란다. 왜? 궁금한 내게 수학 교사는 '뫼비우스의 띠'에 대해 이야기한다. 겉과 속을 구분할 수 없는 뫼비우스의 띠. 왜 학생들이 수학 교사를 신뢰하고 존경하는지 알겠다. 수학 교사는 계속 이야기한다. 뫼비우스의 띠에 대해서. 그러면서 이야기는 앉은뱅이와 꼽추 이야기로 전환된다.

"내가 무서워하는 것은 자네의 마음야."
"그러니까, 알겠네."
앉은뱅이가 말했다.
"가. 막지 않겠어. 나는 아무도 죽이지 않았어."
"어쨌든."

그들이 서로 각자의 인생을 살기 전, 마지막으로 서로 주고받은 말이다. 사나이에게서 자신들의 몫을 챙기기 전까지 그들은 선량한 시민이었다. 그러나 그 후에는 사나이라는 사람을 죽인 명백한 살인자이다. 뫼비우스의 띠가 떠오른다. 과연 누가 선이고, 또 누가 악일까?
꼽추와 앉은뱅이는 선이자 악이다. 그리고 앞으로도 계속 선이자 악일 것이다. 겉과 속을 구분할 수 없다. 선과 악을 구분할 수 없다. 사람들은 모두, 누구에게는 흔히 말하는 착한 사람이지만 다른 누군가에게는 나쁜 사람으로 영원히 낙인찍혀 있을지도 모른다. 또한 선을 추구해 왔던 사람이 어떤 것에 휘말리거나 흔들려 악이라는 늪에 빠질 수도 있다.
가난하고 살던 집조차 무너져서 앞길이 깜깜하지만 착하게 사는 것과, 자신들의 집을 되찾고 앞으로 희망적인 삶을 살아가기 위해 누군가를 죽여야 하는 것 가운데 당신은 과연 어떤 삶을 택할 것인가? 우리는 자라면서 부모님으로부터, 선생님으로부터, 친구로부터, 그리고 전혀 알지도 못하는 타인에 의해서도 선은 좋은 것이고 착하게 살아야 한다고만 배워 왔다. 그러나 이런 상황에서 아무런 망설임 없이 전자를 택할 수 있을까? 마치 뫼비우스의 띠처럼 우리는 끝없이 갈등하게 되고 선택하게 될 것이다.

작가는 뫼비우스의 띠를 수학 교사가 들려준 굴뚝 이야기와 꼽추와 앉은뱅이의 인생에 투영시켰지만 그것이 우리의 삶이 될 수도 있다. 결국은 모든 것이 다 뫼비우스의 띠처럼 겉과 속을 구분할 수 없는, 선과 악을 구분할 수 없는 세계라는 것을 이야기한다. 끝없는 인간의 욕망은 선과 악의 경계를 점차 흐려지게 만들 것이고, 우리는 출발점이자 도착점이 되는 그곳을 몇십 번, 몇백 번이고 자각 없이 지나치게 될 것이다.

가끔씩 길을 걷다가 당신의 뒤를 돌아보라. 뒤돌아보며 지금 어디에 있는지 생각해 보라. 선과 악이 무질서하게 엉켜 있는 당신의 마음 속 뫼비우스의 띠에 갇혀 있는 것은 아닌지.

참고 문헌

도서

권성우 외, 《침묵과 사랑 - '난쏘공' 30주년 기념문집》, 이성과힘, 2008.

김용운, 《나라의 힘은 수학 수준에 비례한다》, 경문사, 2011.

박세길, 《다시 쓰는 한국현대사 2 - 휴전에서 10·26까지》, 돌베개, 2015.

역사학연구소, 《강좌 한국근현대사》, 풀빛, 1995.

클리퍼드 픽오버 지음, 노태복 옮김, 《뫼비우스의 띠》, 사이언스북스, 2011.

황상익, 《근대 의료의 풍경》, 푸른역사, 2013.

연구 논문

류양선, 〈액자소설 형식과 〈뫼비우스의 띠〉〉, 《한국현대문학연구》 9, 한국현대문학
　　　회, 2001.

윤지관, 〈뫼비우스의 심층 - 환상과 리얼리즘〉, 《창작과비평》 32-1, 2004.

이병헌, 〈조세희 소설의 문체〉, 《어문논집》 68, 민족어문학회, 2013.

이청, 〈조세희 소설에 나타난 불구적 신체 표상 연구〉, 《우리어문연구》 27, 우리어
　　　문학회, 2006.

이호규, 〈1970년대 저항의 두 지점 - 황석영의 〈객지〉와 조세희의 〈뫼비우스의 띠〉
　　　비교 연구〉, 《현대문학의 연구》 28, 한국문학연구학회, 2006.

최영자, 〈조세희의 《난쏘공》에 나타난 사물화적 양상 연구〉, 《한민족문화연구》 43,
　　　한민족문화학회, 2013.

선생님과 함께 읽는 뫼비우스의 띠

1판 1쇄 발행일 2018년 2월 26일
1판 3쇄 발행일 2022년 1월 31일

지은이 전국국어교사모임

발행인 김학원
발행처 (주)휴머니스트출판그룹
출판등록 제313-2007-000007호(2007년 1월 5일)
주소 (03991) 서울시 마포구 동교로23길 76(연남동)
전화 02-335-4422 **팩스** 02-334-3427
저자·독자 서비스 humanist@humanistbooks.com
홈페이지 www.humanistbooks.com
유튜브 youtube.com/user/humanistma **포스트** post.naver.com/hmcv
페이스북 facebook.com/hmcv2001 **인스타그램** @humanist_insta
편집책임 문성환 **편집** 윤무재 **디자인** 한예슬 반짝반짝 **일러스트** 강혜진
용지 화인페이퍼 **인쇄** 청아디앤피 **제본** 정민문화사

ⓒ 전국국어교사모임, 2018

ISBN 979-11-6080-093-7 44810

• 이 책은 저작권법에 따라 보호받는 저작물이므로 무단 전재와 무단 복제를 금합니다.
• 이 책의 전부 또는 일부를 이용하려면 반드시 저자와 (주)휴머니스트출판그룹의 동의를 받아야 합니다.